멀리 갈 수 있는
배

무라타 사야카 지음
김윤희 옮김

멀리 갈 수 있는 배

살림

차례

리호. 1

빼만 앙상한 손이 리호를 향해 천천히 내려왔다.

리호는 조금 전까지 분명히 끓어오르고 있었던 자신의 욕망이 어느새 고요히 잦아들어 가는 것을 느꼈다.

손길이 유방에 닿자, 유두의 붉은 피부에 얼얼한 감촉만 전해진다. 이 민감한 감촉이 어떻게 쾌락으로 이어지는지 전혀 이해하지 못한 채 그의 티셔츠 자락을 꽉 움켜쥐었다. 가슴 중앙 혈관이 드러난 피부가 강하게 쓸리자 아픔으로 입술을 깨물었다.

"소리 참지 않아도 돼."

이를 앙다무는 리호를 위로하는 듯한 그의 말에, 턱에 힘을 주고 살며시 입술을 열었다. 하지만 그때 또다시 붉은 피부로 튀어나온 혈관이 쓸리면서 추위가 온몸을 파고드는 바람에 리호는 쉰 신음밖에 흘릴 수가 없었다.

"느낌이 와?"

그것을 욕정에 몸부림치는 신음으로 해석한 듯, 그는 뿌듯한 표정으로 붉어진 리호의 얼굴을 들여다보며 말했다. 그의 소름 돋은 손길이 복부를 쓰다듬으며 내려와서 바지 속을 더듬더니 깊숙이 진입해왔다.

손길이 닿을 때마다 숨을 쉴 수가 없었다.

'어서 사정을 했으면.'

리호의 머릿속은 온통 그 생각만이 겨우 깜빡이고 있었다.

'어서, 빨리. 어떻게든 사정을 해야 해. 그 하얀 액체만 나오면 모든 것이 끝나고, 나는 옷을 입을 수 있어.'

그는 리호의 머리카락을 천천히 쓸어내렸다. 리호는 드디어 나체로 있지 않아도 된다는 사실에 안도의 한숨을 쉬었다. 속옷과 셔츠를 단단히 고쳐 입고 눈을 감은 채 그에게 기대 누웠다.

싫은 사람과 섹스를 해서 고통스러운 거라면 얼마나 좋을까. 리호는 이 사람보다 더 좋아했던 사람과도 섹스를 했었다. 고통의 기억이 이 사람뿐이라면 이 사람과는 맞지 않는 거라고 생각하겠지만, 정말 좋아하는 사람하고 섹스를 하는데도 피부에 닿기만 하면 그 순간부터 섹스가 고문으로 바뀌는 체험을 벌써 몇 번째 거듭하고 있는지 모른다.

머리카락 사이를 미끄러져 내려오는 그의 손가락 감촉이 간지럽다고 느끼면서, 이렇게 좋아하는데 왜 섹스가 고통스러운 걸까 생각했다.

'성행위가 고통스러우면 아무래도 연인 관계를 지속하기가 어렵겠지. 그와도 헤어져야 하는 건가.'

"왜 그래, 괜찮아?"

귓가에 나지막한 음성이 울리고 리호는 애매하게 끄덕였다. 그 나지막한 소리조차 생리적 혐오감을 떠올리게 되기 전에 조금이라도 더 그의 목소리를 듣고 싶었다.

"야, 리호, 지금 뭐 하는 거야."

"미안, 미안. 너희도 맨날 늦으면서 왜 그래."

리호는 검은색 스니커즈를 현관에 벗어 던지면서 말했다. 방으로 들어가자 평소에는 아무도 시간을 지키지 않더니 오늘따라 모두 도착해 있었다. 지저분한 방에서 고작 소주

나 맥주만 들이켜는 회식에 오늘 유난히 힘이 들어가는 것은 패밀리 레스토랑 홀에서 리호와 함께 일하는 여자 두 명이 처음으로 회식에 참석하기 때문이다. 항상 회식 장소로 정해져 있는 이 아파트 주인도, '여자들도 온다니까 청소 좀 해'라고 한 마디 했을 뿐인데, 방 안은 믿을 수 없을 만큼 깨끗하게 치워져 있었다.

"오, 리호. 너 지금 뭐 하냐."

"너 정말 메이 씨랑 같은 홀에서 일하는 거 맞아? 겉으로는 레스토랑의 꽃이니 뭐니 하면서. 너는 주방으로 와. 그게 너한테 어울려."

"아, 시끄러워."

그렇게 대답하면서도 마음은 조금 놓였다. 주방 사내들이 남자로 대해주자 몸을 조이고 있던 끈이 느슨해지는 것처럼 편안해졌다.

"메이 씨, 애인 없어요?"

주방 남자 하나가 묻자 메이는 부끄러운 표정을 지으며 고개를 저었다.

"정말? 주변에서 그냥 둔단 말이야? 솔직히 말해요. 애인 있죠?"

"진짜 애인 없어요. 정말이에요."

몸을 쑥 내밀며 끈질기게 메이를 향해 질문을 던지는 사내에게 리호가 옆에 있던 만화잡지를 집어 던졌다.

"그만해. 메이 씨가 난처해하잖아. 너 정말 끈질기다."

"아, 아파. 왜 그래. 리호 너한테 물어보는 거 아니잖아."

투덜거리면서도 화난 모습은 보이지 않는다. 사내는 웃으며 잡지를 주워 들고 메이 곁을 떠났다.

"고마워요, 리호 씨."

"신경 쓰지 말아요. 이 녀석들 다 멍청이들이니까."

"누가 멍청이라는 거야."

곁에 있던 오카자키가 리호 뒤에서 팔을 돌려 목을 조였다.

"윽, 숨 막혀. 오카자키!"

저항을 해도 오카자키가 좀처럼 풀어줄 기미가 보이지 않자 리호는 팔꿈치를 날렸다. 그제야 뼈만 앙상한 팔이 목에서 풀렸다.

간신히 숨 막히는 고문에서 해방된 리호는 방 한가운데 뒹굴고 있던 봉지를 들고 포테이토칩을 먹으면서 구석에 앉아 있는 풍성한 파마머리로 눈이 향했다. 자그마한 체구에 여리고 가냘프게 생긴 메이는 침대 옆에서 속옷이 보이지 않도록 요령 있게 책상다리를 하고 앉아서 옆의 여자와 깔깔 웃으며 오렌지 주스를 마시고 있었다. 매끈한 무릎이 보이는 연분홍색 스커트가 뽀얀 종아리에 보드랍게 감겨 있다. 책상다리를 하느라 종아리가 약간 눌려서 옆으로 퍼졌는데도 여전히 발목은 가늘다.

"리호 씨는 애인 없어요?"

메이의 발목에 시선을 빼앗기고 있는데 그 옆에서 휴대전화를 만지작거리고 있던 여자가 갑자기 이쪽을 바라보았다.

"항상 휴식 시간에 문자를 하고 있고, 남자 친구들도 많은 것 같고. 그래서 애인이 있을 거라고 생각했거든요."

"아니에요. 애인 같은 거 원래 없어요. 제가 그런 타입도 아니고."

리호는 크게 웃어 보이며 눈을 내리깔고 맥주 캔으로 손을 뻗었다.

"이 녀석한테 애인이 있을 리 없지. 이런 남자 같은 여자, 나 같아도 절대 안 사귄다니까."

오카자키의 웃음소리가 들려오자 리호는 비로소 마음이 놓인 듯 맥주를 벌컥벌컥 들이켰다. 바로 조금 전까지 애인과 함께 있었다는 것을 누구에게도 말하지 않았다.

메이가 가늘고 우아한 손목을 더욱 강조하는 핑크골드색 팔찌형 시계로 시선을 떨어뜨리면서 옆에 앉은 여자의 어깨를 쳤다. 두 사람은 얼굴을 마주하자 스커트가 들리지 않게 누르면서 일어났다.

“아, 가족들이 걱정할 것 같아서. 저희는 이만 가볼게요.”

“어, 벌써요? 좀 더 있어도 될 거 같은데.”

“죄송해요. 우리 집이 좀 엄해서요.”

“그럼 내가 집까지 데려다줄게요. 방까지 들어가도 괜찮고.”

리호는 그렇게 너스레를 떠는 사내의 머리를 가볍게 툭 치고 말했다.

“내가 데려다줄까요? 길도 모르잖아요. 큰길까지만이라도 데려다줄게요.”

메이는 살짝 미소 지으며 리호를 바라보았다.

“괜찮겠어요?”

“물론이죠.”

“하지만 밤이 늦어서 리호 씨도 위험할 텐데.”

오카자키가 웃음을 터뜨리며 담배를 입에 물고 침대에 쓰러졌다.

“괜찮아요, 괜찮아. 이 녀석은 여자가 아니라니까.”

"응, 나는 괜찮아요. 어서 가요."

메이는 아직 일을 시작한 지 두 달밖에 지나지 않았는데 벌써 주방 남자들의 마돈나로 떠올랐다. 리호는 그런 메이의 전화번호를 알아내서 회식 자리에 같이 오게 된 것이다. 메이는 어딘가 친근한 느낌이 들었고, 자기에게 말을 걸어오는 사내들을 상냥하게 대해주었다. '여자'라는 성이 너무 잘 어울리는 메이에게 리호 역시 끌리고 있었다.

큰길까지 두 사람을 바래다주고 골목을 지나 방으로 돌아오자 '여자가 없으니 야한 동영상이라도 볼까' 하는 소리가 들렸다. 소리 나는 쪽을 돌아보니 집주인 녀석이 책장 안에서 DVD를 고르고 있었다.

"리호, 너도 좋지?"

담배를 태우면서 리호를 보고 찡끗 웃어 보이는 남자에게 '난 아무래도 좋아, 보고 싶은 거 봐' 하고 대답하면서 리호는 바닥에 나뒹구는 담뱃갑을 주워 들었다.

"누구 담배인지 모르지만 나 하나만 가져갈게."

담배 한 개비를 꺼내 불은 붙이지 않고 입에 문 채 만화잡지를 펼쳤다.

이 방에서 리호 혼자 남자들 사이에 섞여 술을 마시다 보면 늘 이런 식이다. 한바탕 술을 마신 다음에는 보통 게임을 하곤 하지만 오늘처럼 '좋았어, 영화 상영을 시작해볼까!' 하고 누군가 말을 꺼내면 동영상 감상이 시작된다. 그리고 두 시간 정도, 리호는 동영상을 보지 않고 만화책을 읽으면서 끝나기를 기다리는 경우가 많다. 재생이 끝나면 아무 일도 없었다는 듯 누가 또 '내기하자'라고 말을 꺼내고 그럼 트럼프 게임을 시작한다.

만화책을 보면서 곁눈으로 힐끗 화면을 보았더니 귀여운 어린 여자가 인터뷰를 하는 중이었다. 조금 흥미가 생기는가 싶더니 갑자기 옷을 벗고 성행위를 시작했다. 이내 징그럽다는 생각이 들면서 다시 만화책으로 눈길을 돌렸다.

문득 고개를 들자 오카자키가 이쪽을 보고 있었다.

"왜?"

"아니, 아무것도 아니야."

리호는 혹시나 하는 마음에 문 쪽으로 다가가서 잠겨 있지 않다는 것을 확인한 다음, 문 옆에 책상다리를 하고 앉아서 담배에 불을 붙였다. 여자의 신체는 정말 불편하다는 생각을 하면서 아직 익숙해지지 않은 담배 연기를 들이마셨다.

곤드레만드레 취하도록 술을 마시고 게임을 하면서 시간

을 보내다가 리호가 집으로 돌아온 것은 다음 날 아침이었다. 대문을 열고 거실 겸 주방을 지나 방으로 들어가려는데 아침밥을 짓고 있던 엄마가 리호를 보았다.

"어머, 이제 오니. 또 아침까지 놀았어?"

"늘 가던 친구 집에서 한잔했어."

"그거야 알지만 전화는 해줘야지. 아직 미성년자인데."

"알았어, 알았어. 다음부터는 꼭 그럴게."

"약속 지켜야 된다. 하긴 좋은 친구가 있다는 건 좋은 거지만."

말로는 주의를 주고 있지만 엄마는 어딘가 편안해보였다. 아마 그 친구들이 사내 녀석들이라는 것을 알았다면 노발대발 난리가 났을 것이다. 사내 녀석들과 여자 하나가 밤새 술을 마신다는 이야기는 쏙 빼고, 아르바이트 함께하는 여자들과 놀았던 것으로 되어 있을 뿐이다.

"늘 네가 신세를 지는데, 인사를 좀 해야 하지 않을까?"

"괜찮아, 괜찮아. 그 아이도 혼자 사니까. 서로 불편한 짓은 하지 않는 게 좋아."

"그렇다면 다행이지만 가끔은 간식거리라도 좀 사가지고 가렴."

적당히 둘러대고 방으로 들어가서 풀썩 드러누웠다. 천장을 올려다보고 있자니 문득 석 달 전의 섹스가 떠올라 호흡이 곤란해졌다.

그가 애무할 때마다 짓눌려가는 육체의 감각이 또렷이 떠올라 자신도 모르게 침대 시트를 꽉 잡았다. 이마에 식은땀이 흘렀다. 산소가 부족한가, 더 이상 숨을 참을 수 없어서 깊게 숨을 몰아쉬는 순간, 갑자기 달콤한 향이 피어났다. 메이가 뿌리고 다니던 향수의 향이었다.

어젯밤 골목을 같이 걸어가면서 살짝 스쳤던 가녀린 어깨가 떠올랐다. 메이는 남자들한테 인기가 있어서 파트타임으로 일하는 아주머니들이 볼멘소리를 자주 한다. 하지만 리호는 메이가 있으면 항상 그녀에게 시선을 빼앗겨버렸다. 향수 냄새를 쫓아가듯 자기 티셔츠에 코를 가져가고 있는 자신을 느끼면서, 혹시 메이에게 욕정을 품고 있는 것은 아닐까 하는 생각이 들었다.

그와 헤어지고 다시 누군가를 좋아하게 된다고 해도 같은 고통을 반복하리라는 생각으로 질려 있을 때 새로운 아르바이트생으로 메이가 들어온 것이다.

처음 그녀를 만났을 때는 그냥 귀여운 아이라는 느낌뿐

이었다. 그런데 휴게실에서 함께 이야기를 나누면서 그 가냘픈 목선과 갈색 머리카락을 만지고 쓰다듬고 싶다고 느낀 적도 있었다.

'나는 여자를 좋아하는지도 몰라. 섹스가 이렇게 고통스러운 건 그 때문인지도 몰라' 그런 생각이 들자, 메이의 보드랍고 자그마한 육체를 단 한 번만이라도 좋으니 보듬고 싶은 기분이 들어서 시트를 잡고 있는 손에 힘이 들어갔다.

상대가 잘못된 것이 아니라 상대의 성별이 잘못된 것이 아닐까, 이런 생각이 리호를 사로잡았다. 어쩌면 자신이 남자가 아닐까라고 생각하자 호흡이 조금 편해졌다.

땀을 닦으면서 일어나 거울을 들여다보자 단발머리에 반바지, 티셔츠 차림의 자신이 있었다. 거울 속의 자신과 눈을 맞춘 리호는 그대로 옷을 벗었다. 속옷을 침대에 던지고 알몸으로 거울을 들여다보았다. 위화감을 느끼게 하는 곳을 찾듯, 부풀어 오른 유방과 엉덩이에 손바닥을 대보았다. 하지만 아무리 만져보아도 자신의 육체에 대해 기분 나쁘게 느낄 부분은 없었다.

인사를 하고 매장에 들어가 휴게실 한쪽에 있는 작은 일인용 탈의실에서 유니폼을 입고 스타킹을 신는다. 그 행위와 함께 여자라는 성을 자신의 육체에 새겨넣고 있는 것 같은 기분이 된다. '그럼 옷을 입기 전의 나는 뭐지?' 문 뒤쪽에 걸려 있는 지문으로 지저분해진 작은 거울에 얼굴을 비추며 멍하니 생각에 잠겼다.

'육체에는 아무런 위화감이 없지만 이 숨 막히는 유니폼은 아무래도 기분 나빠' 하지만 자기가 남자일지도 모른다고 생각하니, 성가시기만 하던 그 감각이 귀하디귀한 보물처럼 느껴졌다.

"리호 씨, 미안하지만 4번 테이블 손님에게 커피 리필 좀 부탁해."

홀로 나오자 팬케이크에 토핑을 올리고 있는 파트타임 아주머니가 리호를 불렀다.

"네, 곧 갈게요. 늘 오시던 분이네요."

"그래, 그래. 블렌드로 부탁해."

리호는 서둘러 새 커피를 잔에 부었다. 아메리카노는 그대로 부어도 되지만 블렌드 커피는 새로 타서 잔까지 바꿔주어야 한다.

쟁반에 새 커피 잔을 올리고 4번 테이블로 가자 늘 들르는 단골 여자 손님이 있었다. 30대 초반쯤 되어보이는 사무직 여성 느낌이다. 매일은 아니지만 자주 들르는 단골로, 리호가 오전 8시에 출근하면 벌써 아침 식사를 마치고 커피를 마시면서 노트를 펼치고 있었다. 리호보다 일찍 나오는 파트타임 아주머니들에 따르면, 아주 이른 시간부터 와서 모닝세트를 먹으면서 공부를 한다고 한다. 출근 전인 듯, 8시가 조금 넘으면 항상 리필을 부탁한 커피를 모두 마시고 서둘러 노트를 가방에 넣고 나간다.

아침인데도 차림새가 항상 단정한 것을 보면 도대체 몇 시에 일어나는 건지 궁금하기까지 하다. 오늘도 검은 머리를 예쁘게 말아 올렸고, 손목과 목에 화려한 액세서리가 빛나고 있었다.

"커피 리필 나왔습니다."

"고마워요."

여자는 얼굴을 살짝 들고 잔잔한 미소를 보인다. 핑크 베이지색 립스틱을 바른 입술 라인이 조금 연해져 있다. 잔을 보니 립스틱이 옅게 묻어 있었다.

잔 주변에 남아 있는 립스틱 자국을 보면서 돌아서려 하는데, 그녀가 '저' 하고 리호를 불러 세웠다.

"스타킹 올이 나갔네요."

여자가 샤프로 리호의 종아리 쪽을 가리켰다.

"아, 네. 알고는 있는데, 이것밖에 없어서요."

"그럼 이걸 사용해봐요. 올이 더 나가지는 않을 거예요."

여자는 가방을 열고 파우치에서 매니큐어를 꺼냈다.

"아, 아니, 괜찮은데요."

"괜찮아요. 싼 거니까. 거의 다 써가는 거라서 오히려 내가 고맙죠."

"네, 감사합니다."

황급히 인사를 하고 매니큐어를 받아서 앞치마 주머니에 넣었다.

카운터로 돌아오자 메이가 팬케이크에 올릴 아이스크림을 뜨고 있었다.

"리호 씨, 이거 너무 딱딱한데 어쩌죠?"

"줘봐요. 내가 해볼게요."

리호는 숟가락을 받아들고 힘을 주어 아이스크림을 떴다. 냉장고에서 막 꺼낸 바닐라 아이스크림은 정말 단단했다. 몸을 숙이고 팔에 힘줄이 나올 정도로 힘을 주니 그나마 조금 떠낼 수 있었다.

"자요."

아이스크림을 뜬 숟가락을 건네자 메이가 기쁜 듯 미소를 지으며 받았다.

"고마워요."

"괜찮아요. 이 정도로 무슨. 힘쓸 일 있으면 언제든지 부탁해요."

"리호 씨, 정말 멋있네요."

리호는 물끄러미 컬러 렌즈를 끼고 있는 메이의 커다랗고 까만 눈을 바라보았다.

"그래요?"

"성격이 소탈하고 시원시원한 여자라도 자신감이 없어서 그렇게 못하는 사람들도 있잖아요. 그런 사람들은 저 같은 스타일을 싫어하더라고요. 하나같이 덩치도 크고 성격도 너무 거칠어서 무서울 때도 있어요! 그런데 리호 씨는 그런 사람들이랑 전혀 달라서 너무 좋아요. 정말 남자 같아서 멋있어요."

"에이, 아무리 그래도 진짜 남자들보다는 팔 힘이 없죠."

그렇게 대답하면서도 리호는 자신이 남자로 보인 것 같아서 기분이 들떴다.

팬케이크 작업대로 돌아와서 토핑을 다시 올리고 있는 메이의 기다란 속눈썹을 보고 있는데 파트타임 아주머니 소리가 들렸다.

"저기, 리호 씨, 새 컵 좀 가져다줄래? 여기 모자라서."

"아, 네. 알겠어요."

리호는 재빨리 개수대로 달려가서 '컵 주세요' 하고 새 컵이 들어 있는 바구니를 받아 들었다.

문득 스테인리스 선반에 비친 자신의 얼굴을 보았다. 규정상 화장을 옅게라도 해야 하지만 리호는 립크림밖에 바르지 않는다. 그 얼굴과 유니폼이 어울리지 않는다. 역시 나는 주방 일이 적성에 맞나, 생각했다. 앞치마 주머니 속에는 아까 여자 손님이 준 매니큐어가 들어 있었다.

아르바이트를 마치고 레스토랑에서 나온 리호는 휴대전화를 꺼내서 '남장男裝'을 검색해보았다. 그러고는 그 길로 하늘색 자전거를 세워두고 지하철을 탔다. 번화가를 몇 군데 돌아다니며 남장용품을 최대한 많이 샀다.

집으로 들어가기 전에 산 것들을 가방에 꾸겨 넣으려고 했는데 잘 들어가지 않았다. 하는 수 없이 겨드랑이에 낀 채 '다녀왔습니다' 하고 작은 소리로 인사를 하고 거실을 지나 부모님과 동생한테 들키지 않도록 후다닥 방으로 들어가서 문을 닫아걸었다.

심호흡을 하고 나서 종이봉투를 열었다. 제일 먼저 연한 자주색 상자에 들어 있는 가발을 꺼냈다.

단발머리를 묶어서 망 속으로 밀어 넣었다. 상자에 적힌 설명서를 보면서 꾸벅 인사를 하는 자세로 가발을 머리에 뒤집어쓴 다음, 몸을 일으키면서 머리카락을 정리했다. 거울 앞에 서자 기대와 달리 여전히 여자가 서 있었다.

머리가 짧아지자 오히려 통통한 볼살과 목선이 더욱 여성스럽게 강조되는 것 같은 느낌마저 들었다.

얼굴을 잠시 찡그려보고 나서, 이번에는 가슴을 조이기 위해 신축성 강한 소재의 검은색 톱을 꺼냈다. 오늘 산 것 중에 가장 비싸다.

남장은 고등학교 때 코스프레가 취미라던 친구에게 배웠는데 그 이후로도 줄곧 관심을 갖고는 있었다. 어쩌면 그 시절부터 리호에게는 잠재적으로 그런 욕망이 있었는지도 모른다.

굳이 아키하바라 분장 전문점까지 가서 사온 톱을 펴서 머리부터 집어넣었다. 그런데 잘 안 들어갔다.

청바지를 벗고 밑에서부터 입으려고 해보았지만 너무 꽉 껴서 입을 수가 없었다.

사이즈를 잘못 골랐나 싶은 마음에 혀를 차면서 봉투에 붙어 있는 설명서를 꺼내서 다시 읽어보았다. 가발을 벗고 다시 톱을 머리 쪽부터 입었다. 아주 타이트한 스타킹을 억지로 뒤집어쓰고 있는 것 같았다. 팔이 아플 정도로 힘을 쓴 덕분에 간신히 입는 데 성공했다. 막상 입고 나니 의외로 숨이 막히지도 않고, 검은색 천이 몸에 착 달라붙어 있었다.

벗어 던져 놓았던 가발을 다시 주워 들고 거울을 보던 리호는 갑자기 동작을 멈추고 거울에 비친 자신을 바라보았다. 거기에는 가슴이 없어진 자신이 있었다.

깜짝 놀라서 가슴을 쓰다듬어 보았는데 약간 가슴팍이 두꺼운 남자 느낌이 나면서 정말 남자 같다는 생각이 들었다. 원래도 B컵이라서 그렇게 크지 않은 가슴이지만 아무리 그러기로서니 이렇게 완벽하게 사라져버릴 줄 몰랐던 리호는 멀뚱멀뚱 거울만 들여다보고 있었다.

다시 정신을 차리고 황급히 가발을 썼다. 그리고 이번에는 봉투에서 조금 작은 사이즈의 남성용 치노팬츠를 꺼냈다. 벨트를 잠그고 거울을 보니 톱과 바지를 입은 부분만 남자 같고 드러나 있는 라인에서는 도저히 숨길 수 없는 여성스러움이 묻어나는, 요상한 모습의 자신이 있었다.

잠시 넋을 놓고 거울을 쳐다보고 있던 리호는 왠지 자기는 태어날 때부터 이런 생물이 아니었을까 하는 생각이 들었다. 남자와 여자가 피부 위에서 뒤섞여 있는 지금 이 상태라면 2차 성징을 다시 회복할 수도 있을 것 같았다. 신체 발달에 따를 것이 아니라 자신의 의지로 다시 한번 2차 성징을 찾아서 좋아하는 성별을 골라 볼까, 하는 생각이 들었다.

그러자 남녀가 뒤섞여 있는 거울 속 자신이, 초등학교 저학년 때 아직 성별에 대한 의식조차 없이 남자아이들과 같은 교실에서 체육복을 갈아입던 모습과 겹쳐졌다.

거울에 비친 바지로 시선을 떨구고 지퍼 금속 손잡이에 반사된 납빛을 바라보았다. 그 안에 있는 자신의 성기를 리호는 한 번도 본 적이 없었다.

여자 성기에 혐오감이 있는 것은 아니었지만 왠지 모르게 무서운 생각이 들어서 직접 눈으로 확인할 수가 없었다. 본인이 아직 본인의 성기를 받아들이지 못하고 있는 것이다. 섹스가 그토록 고통스러운 것도 그 때문인지 모른다.

그 사실을 왜 지금껏 몰랐을까. 자신이 여자라고 단언할 수 있는가. 생각이 거기에까지 미치자, 거울 속 자신이 너무 도 홀가분한 존재로 보이면서 그대로 어디로든 달려나갈 수 있을 것 같았다. 이 모습으로 밖으로 나가서 조금씩 자신이 남자인지 아니면 역시 여자인지 알아보기로 했다. 그런데 그 순간 리호는 과연 이 모습 그대로 밖에 나갈 수 있을까 하는 의문이 솟구쳤다.

육체는 여자인데 마음은 남자인 사람들이 모여 있다는 바나 카페가 있다는 것은 알고 있지만 이렇게 어중간한 상태로 갈 수는 없었다. 그곳은 성 정체성을 확정한 사람들이 갈 수 있는 곳일 테니까. 커밍아웃할 내용을 스스로 정확하게 파악하지 않고는 함께할 동료를 찾을 수 없으리라.

'이 모습으로 지낼 수 있고, 굳이 친하게 지내야 할 사람도 없고, 가능하다면 아무렇게나 드나들 수 있는 그런 곳은 없을까. 그런 곳이라면 2차 성징 전의 이 모습으로 있을 수 있고, 대화도 없고, 복장에 대한 지적도 없으며, 저마다 독립적으로 지내면서 굳이 교류하지 않아도 될 텐데. 타인과의 관계 따위 없이, 그런 사람들로 북적이는 곳이면 좋으련만.'

머리에 땀이 차오는 것을 느끼자 가발을 벗고 컴퓨터 앞에 앉아서 이런저런 검색어를 입력해보았지만 마땅한 곳을 찾을 수가 없었다. 소곤소곤 다정한 척하며 대화하는 것도 적성에 맞지 않으니 대화 자체가 금지된 곳이면 더 좋으리라. 마음에 드는 장소를 찾지 못한 채 다시 '공부, 신체'라고 쳐보았다. 원하는 결과가 나올 리도 없고, 정신없는 사이트를 쳐다보느라 눈만 아프지 싶어서 다른 검색어를 입력하려는 순간, 화면 한쪽에 '독서실'이라는 글자가 눈에 들어왔다.

그것은 검색 결과가 아니라 '공부'라는 말에 반응한 광고 사이트였다. 리호는 엉겁결에 그 글자를 클릭했다.

'독서실'이라는 생소한 장소에 대한 설명을 열심히 읽었다. 그곳은 친구들끼리 놀러 갈 만한 장소가 아니기 때문에 각자 공부에 몰두할 뿐 회원들끼리의 교류 같은 것은 없는 것 같았다. 자기 책상에 앉아서 공부만 하는 곳이다. 이 모습으로 사람들과 대화를 나눌 자신이 없는 리호는 무언가에 홀린 듯 견학 신청 메일 양식에 이름을 적어 넣었다. 공부만 하는 사람들의 등 뒤라면 이런 자신을 내보일 수 있을 것 같았다.

리호는 독서실 복도를 지나 맨 끝에 있는 좁은 여자 화장실로 들어갔다. 5시까지 아르바이트를 하고 나서 자전거를 타고 독서실로 직행한 것이다.

인터넷으로 집과 너무 가깝지 않고, 아는 사람을 만날 가능성도 낮은 장소를 찾아서 신청했다. 간단히 견학을 하고 좌석을 정한 다음 그 자리에서 현금을 지불했다. 월 약 2만 엔 정도다. 가슴 저린 지출이긴 하지만 능력 밖의 금액은 아니다. 더군다나 한 달 만에 2차 성징을 발견한다면 더 이상의 지출은 없을 테니까. 그렇기 때문에라도 서둘러야 한다는 생각을 하면서 양변기 양옆으로 다리를 벌리고 서서 화장실 문 위쪽 고리에 가방을 걸었다.

심호흡을 하고 땀에 젖은 티셔츠를 벗었다. 눅눅한 공기가 닿자 더욱 땀이 배어 나왔다. 요령 좋게 톱과 가발을 장착했다. 통통하게 살이 오른 팔뚝 살이 신경 쓰여서 위에 얇은 파카를 걸쳤다. 셔츠는 남녀 단추 위치가 다르기 때문에 되도록 구분이 없는 것을 골랐다.

변신을 마치고 다시 복도로 나오니 하얀색 문이 보였다.

〈리틀 버드 독서실〉이라고 작게 표시된 문 옆에 달린 본인 인증기계의 버튼을 누르고 지문을 찍었다. 독서실 등록 신청을 할 때 번호를 받고 지문을 등록했다. 리호의 지문을 인식한 기계가 소리를 내며 문을 열어준다. 리호는 천천히 그 안으로 빨려 들어가듯 들어갔다.

사람들이 많은 시간 탓인지 방 안은 견학 때보다 훨씬 좁게 느껴졌다. 유료 사물함 앞을 지나자 과자와 사탕이 놓인 자그마한 바구니가 있었고, '자유롭게 드세요'라는 글씨가 작게 쓰여 있었다.

리호는 흥미로운 표정으로 실내를 두리번거렸다. 견학 왔을 때 독서실 안을 보는 둥 마는 둥 하고 간단한 설명만 들은 다음 좌석표를 보고 그 자리에서 제일 싼 좌석을 결정했기 때문이다. 안쪽에는 컴퓨터가 달랑 한 대 놓여 있었다. 누구든지 자유롭게 사용할 수 있다는 설명을 듣기는 했는데 지금은 와이셔츠 차림의 샐러리맨으로 보이는 남성이 점령하고 있는 모양이다. 그 남성이 리호를 돌아다보는 바람에 허둥지둥 좁은 통로를 지나 오른쪽으로 돌았다.

휴식용 의자가 나란히 놓인 통로를 벗어나 제일 구석의 '독서실(컴퓨터, 전자계산기 불가)'이라는 쪽지가 붙어 있는 문을 열었다. '여기서부터는 한 마디도 하면 안 됩니다' 문에 커다랗게 주의사항도 붙여 놓았다.

정적이 감도는 방 안으로 한 걸음 내딛는 순간, 갑자기 바닥이 흔들리는 것 같았다. 리호는 순간적으로 주위를 둘러보았지만 아무 일도 없었다. 그냥 현기증이 조금 난 모양이다. 호흡을 가다듬고 자기 자리로 갔다. 잠시 휘청거린 탓인지 딱 한 번 타보았던 요코하마의 히카와마루(氷川丸, 일본 요코하마에 있는 선박. 12,000톤급 여객선으로 1960년대까지 북태평양 항로에서 오랫동안 운항하다 퇴역한 후에는 야마시타 공원에 계류되어 있다. 예전에는 선내에 라이브 카페, 살롱, 유스호스텔 등이 있었지만 2006년 12월 31일 영업을 중단하였다가 배의 원주인인 니혼유센이 다시 배를 인수해 2008년부터 문을 열었다-옮긴이)가 생각났다.

약간 어지러운 느낌을 억누르고 통로를 걸어갔다. 중간중간 '소리 내지 말기!' '발소리 나지 않게 주의하세요!' '기침이 멈추지 않을 때는 독서실 사용을 자제해 주세요' 등의 상세한 주의사항들이 곳곳에 붙어 있었다.

방 안에는 아동용 책상보다 조금 더 작은 사이즈에, 앞쪽으로 책장이 달린 나무 책상이 늘어서 있었다. 리호는 고개를 숙이고 쪽지에 적힌 대로 발소리가 나지 않도록 조심하면서 통로를 걸어 들어갔다. 숨을 죽인 채 파카 앞쪽을 손으로 꽉 여미고 있기는 했지만 그렇게까지 하지 않아도 일부러 이쪽을 돌아보는 사람은 한 명도 없었다.

책상은 3분의 1 정도 사람이 차 있었다. 독서실 중에는 이용자들이 매번 자유롭게 좌석을 선택할 수 있는 시스템을 갖춘 곳도 많지만 여기는 전용 책상을 준다. 본인이 없더라도 아무도 그 자리에 앉을 수 없기 때문에 짐을 두고 다닐 수도 있고 언제든지 좌석을 확보할 수 있는 시스템이다. 그러다 보니 주인 없는 책상 위에도 참고서나 두꺼운 파일, 물티슈나 칫솔 등 다양한 개인용품이 놓여 있었다.

견학 왔던 날은 점심시간이어서 잘 몰랐는데 막상 들어와 보니 주로 리호보다 나이가 많은 직장인 남녀가 많았다. 책상을 보면 대강 그 사람이 무슨 공부를 하는지 알 수 있었다. 잔뜩 행정 자료나 주택 관련 참고서들이 들어찬 책상도 있는가 하면, 파일만 잔뜩 꽂혀 있는 책상도 있었다. 특별히 자격증 공부를 하기 위해서라기보다 단순히 업무용으로 사용하고 있는 사람도 많은 모양이다. 대학 입시를 준비하는 학생들이 많지 않을까 예상했는데 생각보다 조용하고 차분한 분위기였다.

통로를 왼쪽으로 돌아서 드디어 안쪽의 자그마한 책상에 다다랐다. 손에 들고 있던 전표의 '64번' 숫자와 맞춰본 다음, 그제야 책상을 만져보았다. 그 자리가 리호의 전용석이었다.

얼굴을 가리듯 고개를 숙이며 리호는 서둘러 자리에 앉았다. 지금까지는 대부분 책상만 향하고 있을 뿐 리호를 돌아보는 사람은 없었지만, 그래도 이렇게 앉아 있다 보면 옆이나 뒤쪽 사람이 이쪽을 돌아보았을 때 리호의 중성적 모습을 눈치채게 될 것이다. 사람들이 자기를 어떻게 볼까, 생각이 거기에 미치자 리호는 온몸이 굳는 것 같았다. 진지하게 공부하는 사람들 틈에서 자기가 있을 곳이 아닌 것 같은 느낌이 들었던 것이다.

리호는 가방에서 성별 위화감 등의 테마를 다룬 책을 꺼냈다. 표지에 커버를 씌운 책들을 책상 위에 올려놓았다. 인터넷 페이지를 인쇄한 파일도 있었다. 이왕 이렇게 되었으니 철저하게 파헤쳐보리라 마음먹은 것이다.

적으면서 정리를 하려고 노트를 펼치는 순간, 팔에 걸린 가방에서 필통이 제법 큰 소리를 내며 떨어지고 말았다. 깜짝 놀라서 서둘러 집어 드는데, 뒤쪽 대각선 여자가 이쪽을 힐끗 쳐다보았다.

그 여자의 얼굴을 보는 순간, 리호는 그대로 숨이 멎었다. 다름 아닌 며칠 전 패밀리 레스토랑에서 리호에게 매니큐어를 준 바로 그 손님이 아닌가! 여자는 이쪽을 몇 번 쳐다보더니 다시 눈길을 거두고 책상에 몸을 당기며 고쳐 앉았다.

"다녀왔습니다."

거실을 지나 안방으로 향하면서 소파에 앉아 TV를 보고 있는 엄마에게 인사를 건넸다.

"그래, 왔니? 오늘은 별로 안 늦었네. 또 친구 만났어?"

"오늘은 아르바이트했어. 저녁 메뉴 뭐야?"

"우리는 벌써 먹었는데, 뭐 좀 만들어줄까?"

"아니, 됐어."

"밥을 제대로 먹고 다녀야지."

리호는 잔소리를 늘어놓는 엄마에게 적당히 둘러대고 방으로 들어와 문을 잠갔다.

침대에 벌러덩 드러눕자 독서실 대각선에 앉았던 여자의 얼굴이 떠올랐다. 멀어서 아는 사람이 오지 않을 것 같은 장소를 골랐는데 아르바이트 매장 손님이 거기에 있으리라고는 상상도 못했다. 차비가 들더라도 더 먼 곳을 골랐어야 했나 보다.

마음을 무겁게 한 것은 그것만이 아니었다. 몇 시간이나 남장을 하고 있었는데 자신이 정말 남자인지 여자인지 발견의 실마리조차 찾지 못한 것이다. 공부가 될 거라고 기대하며 펼친 책에는 육체적 성별에 대한 극도의 혐오감만 그려져 있었다. 그것은 리호 안에 존재하지 않는 감정이었다.

독서실 문을 연 순간에는 어디라도 자유롭게 얼굴을 내밀고 다닐 수 있을 것만 같았다. 하지만 어쩌면 그 문 안쪽이야말로 출구가 아닌 막다른 길인지도 모른다.

눈을 감자 바로 조금 전까지 이 육체에 성별이 없었다는 것이 꿈만 같았다. 리호는 한숨을 내쉬며 눈을 감은 채로 차가운 베개에 얼굴을 파묻었다.

리호는 다음 날, 그다음 날도 5시에 아르바이트가 끝나면 독서실로 향했다. 그날도 여느 때처럼 화장실에서 옷을 갈아입고 가발이 벗겨지지 않도록 단단히 고정한 다음, 거울로 몇 번이나 확인하고 나서야 독서실 문을 통과했다.

어서 검증을 마치고 자신의 성을 판명받고 싶었다. 리호는 초조해지기 시작했다.

아르바이트를 마치고 제대로 식사를 하지 못해 배가 고팠던 리호는 휴게실에서 근처 편의점에서 사 온 주먹밥을 먹기 시작했다.

독서실 책상에서 식사하는 행위가 금지되어 있는 대신 한쪽에 휴게실이 준비되어 있었다. 하지만 휴게실은 이름뿐이고, 그냥 통로에 의자 몇 개 가져다 놓은 것이 전부였다.

독서실은 컴퓨터를 사용할 수 있는 방과 컴퓨터, 전자계산기를 사용할 수 없는 조용한 방으로 나뉘어 있는데, 그 두 방을 연결하는 통로에 검은색 의자 네 개를 가져다 놓은 것이 휴게실이었다. 홈페이지에는 '테이블도 있습니다'라고 적혀 있지만, 실제로는 입원 환자들이 식사할 때 사용하는 것과 비슷한 플라스틱 테이블이다. 그것도 고작 한 개밖에 없어서 다른 사람이 사용하고 있으면 무릎 위에 올려놓고 먹을 수밖에 없다.

통로 가장 끝에는 탈의실처럼 간이 커튼으로 가려둔 곳에 마사지 의자가 놓여 있다. 누구나 사용할 수 있다고는 하지만 관리하지 않은 탓인지 지저분해서 여자들은 거의 사용하지 않는다.

독서실로 들어가는 통로가 그리 넓지 않기 때문에 사람들이 앞을 지나갈 때마다 '죄송합니다'라고 하면서 발을 끌어당겨야 한다. 제대로 발도 뻗지 못하고 식사를 해야 하는 꼴이었다. 의자 맞은편 벽에는 '휴게실에서는 작은 소리로 이야기해 주세요. 평소 목소리로 이야기를 하면 독서실에 울립니다', '바닥에 쏟은 주스는 곧바로 닦아주세요. 의도적으로 방치한 사람에게는 벌금을 받습니다' 같은 주의사항이 적힌 종이가 붙어 있었다. 험악한 분위기의 주의사항이 적힌 종이를 마주하고 식사를 하고 있자니 처량하기 그지없었다.

제 손으로 평평하게 연출한, 가슴 없는 자기 몸을 가리듯, 자칭 테이블이라고 하는 초라하기 짝이 없는 테이블을 자기 쪽으로 품듯 끌어당겨서 주먹밥을 베어 물었다. 밥알을 삼키다가 목이 메었다. 숨이 가빠져서 심호흡을 반복하고 있는데 갑자기 위에서 여자 목소리가 들려왔다.

"저, 실례지만 패밀리 레스토랑 점원이죠?"

화들짝 놀라서 얼굴을 드니, 그 매니큐어 여자 손님이 리호 앞에 선 채 잔잔한 미소를 지으며 이쪽을 내려다보고 있었다.

"아, 네에."

입 안의 밥알을 씹는 둥 마는 둥 삼키고 리호는 고개를 끄덕였다. 열려 있던 파카 앞자락을 허둥지둥 왼손으로 여며 평평한 가슴을 숨겼다. 리호의 행동이 안중에 없다는 듯 여자는 계속 말을 걸었다.

"역시 그랬구나. 정말 우연이네요. 그런데 이렇게 좁은 곳에서 식사하면 기분 우울하지 않아요? 옥상으로 가서 먹어요. 정말 좋아요."

"네?"

리호는 눈을 껌뻑이며 여자를 쳐다보았다. 홈페이지에도, 견학 왔을 때도 그런 설명은 없었다.

"그런 곳이 있어요?"

대수롭지 않다는 듯 물어보려는데 쉰 목소리가 나왔다.

"그럼요. 사람이 거의 없어서 아주 편하고 좋아요. 같이 가볼래요?"

머뭇거리다가 끄덕여 보이자, 여자는 리호의 몸에 붙어 있던 테이블을 치워주었다.

"이쪽이에요."

지문인식기가 달린 문을 나와서 탕비실 옆에 있는 크림색 문을 열자 좁은 계단이 나타났다. 난간을 잡고 올라가는 여자의 뒷모습을, 리호는 파카 앞자락을 여민 채 복잡한 기분으로 올려다보았다.

여자가 자기에게 말을 걸어오리라고는 상상도 못했다. 리호는 첫날 독서실에서 여자가 자기를 쳐다보았을 때, 혹시 아는 척이라도 하면 어쩌나 긴장하고 있었다. 하지만 그녀는 처음 눈이 마주쳤을 때 말고는 한번도 이쪽을 쳐다보지 않았다. 아마 무슨 사정이 있어서 저런 모습을 하고 있겠거니 생각하고 못 본 척해주길 바라며 리호는 마음을 놓고 있었다. 레스토랑에서의 모습과 사뭇 달라진 리호의 모습에 적이 당황하는 것 같았지만, 그 모습에 대해서는 계속 모르는 척해주고 있는 것 같았다.

여자는 오늘 얇은 스트라이프 셔츠에 흰색 데님 스커트를 입고 있었다. 시원하게 말아 올린 머리와 깔끔하게 정리된 손톱과 피부, 손목에서 빛나는 액세서리, 틀림없이 여자가 느껴졌다.

"여기예요."

계단 위에서 여자가 손짓을 했다. 리호가 옥상에 얼굴을 내밀자 강한 바람이 불어오는 바람에 가발 앞머리가 두피에서 떠올랐다.

깜짝 놀라 가발을 단단히 누르면서 옥상으로 올라갔다. 낮은 빌딩 옥상에는 조명이라고는 없었지만, 주변의 고층 건물 조명 덕분에 어렴풋이 윤곽은 보였다. 빌딩 사이를 돌아온 바람이 다시 리호의 발끝 사이를 돌아 빠져나갔다.

고개를 들어 하늘을 올려다봤다. 벌써 밤하늘은 남색이 되었지만 거리의 불빛 때문일까, 선명한 형체의 구름이 몇 점 떠 있는 것이 보였다.

"치카코!"

매니큐어 여자가 소리 지르는 것을 보고서야 비로소 어슴푸레 어두운 옥상 한구석에 기대고 있는 다른 여자가 있다는 것을 알았다.

"난 히라오카 치카코라고 해요. 잘 부탁해요."

"사야마 리호라고 합니다."

리호는 어리둥절해 하며 머리를 숙였다. 치카코는 기린 그림이 그려진 우스꽝스런 티셔츠에 옅은 하늘색 데님 스커트를 입고 있었다. 화장기 없는 얼굴에 눈도 코도 동그란 것이, 리호와 같은 또래로 보였다.

커다란 손수건을 바닥에 깔고 신중하게 자리를 잡고 앉던 매니큐어 여자가 옅은 미소를 띠었다.

"매일 얼굴을 보면서도 이름은 오늘 처음 알았네. 나는 세리자와 츠바키. 잘 부탁해요."

"독서실에 이렇게 분위기 좋은 곳이 있네요."

인터넷에서 독서실은 전혀 교류가 없는 곳이라더니 순전히 거짓말이네, 리호는 조금 후회스러웠다. 치카코가 티셔츠의 기린 그림 위에 떨어진 샌드위치 조각을 툭 털어내고는 빙그레 웃으며 이쪽을 쳐다보았다.

"아니야. 모두들 자기 공부하느라 정신없어. 대화 같은 건 아예 안 한다니까."

웃으니까 눈꼬리가 처지는 것이 더 귀여워 보였다. 리호는 눈을 크게 뜨고 고개를 갸우뚱거렸다.

"그래요?"

하긴 휴게실에서도 서로 대화를 주고받는 사람들은 본 적이 없었다. 이 두 사람이 독특한 건지도 모른다.

"우리는 원래부터 친구였어. 츠바키와는 유치원 때부터 줄곧 함께였지. 초등학교, 중학교도 같은 반이었다니까."

치카코는 츠바키보다 훨씬 어려 보였기 때문에 두 사람이 친구라는 말에 조금 놀랐다. 치카코가 리호의 얼굴을 뚫어져라 쳐다보았다. 가발 쓰고 있는 것을 들킬까 봐 몸을 움츠렸다. 미처 눈치채지 못한 듯 치카코가 미소를 띠었다.

"리호 씨, 아직 학생인 것 같은데."

"아, 네. 열아홉 살이에요. 아르바이트하고 있고요."

"아, 그래? 우리는 올해 서른하나."

나이와 외모만으로도 약간 위화감이 느껴지면서 점점 치카코가 이상한 사람 같아 보였다. 리호는 그녀의 화장기 없는 얼굴을 물끄러미 바라보았다.

"이 독서실에는 직장인 같은 사람이 많네요. 두 분은 무슨 공부를 하는 거예요?"

말을 내뱉자마자 이내 후회막심이었다. 그녀들이 자신에게 되물어오면 정작 대답할 말이 없었기 때문이다.

그런 리호의 마음을 알아차린 듯 츠바키가 웃었다.

"글쎄, 그렇게 물어보면 대답하기가 조금 곤란한데. 너무 많은 것을 하고 있거든. 사람은 다 제각각이잖아. 여기도 다양한 부류의 사람들이 있고, 저마다 자기가 하고 싶은 일을 하기에 딱 좋은 곳이지."

리호는 쭈뼛거리며 연신 고개를 끄덕였다.

"그, 그렇군요. 괜히 개인적인 것을 물어봐서는, 죄송해요."

"아니야, 괜찮아. 나는 이런저런 자격증에 관심이 있어. 취미라기보다 자격증이 없으면 왠지 불안하더라고. 일단 부기 2급은 땄는데 그것만으로는 조금 부족한 것 같아. 토익 점수도 더 받고 싶고……. 그런데 아무리 열심히 해도 너무 힘들어서 지금은 비서 검정시험을 목표로 공부하고 있지."

옆에서 샌드위치를 먹고 있던 치카코가 투명한 갈색 눈동자로 이쪽을 올려다보았다.

"나는 이렇다 할 목적이 있는 건 아니야. 그냥 여기가 편하고 좋아서 다니는 거지."

리호는 이건 또 무슨 소린가 싶은 눈빛으로 치카코를 쳐다보았다. 한 달에 2만 엔에 가까운 돈을 내면서 그냥 좋아서 다닌다니. 그런 성향은 왠지 자기랑 비슷한 것 같았다.

"그냥 분위기가 좋잖아. 모두 한 방에 모여서 밤늦도록 공부를 하고 있다는 것. 정말 좋지 않아?"

"치카코는 정말 이상한 아이라니까."

츠바키가 어깨를 들썩였다. 리호는 다시 치카코를 보았다. 그녀의 머리카락 사이로 바람이 스쳐 지나간다. 기분 좋은 듯 눈을 가늘게 뜨고 치카코가 입을 열었다.

"한밤의 소풍도 너무 좋아. 옛날에 기숙사 여학생들이 한밤중에 소풍을 나간다는 소설을 읽은 적이 있는데, 어찌나 부럽던지."

그녀의 말을 듣고 있자니, 왠지 이렇게 밤하늘 아래서 주먹밥과 샌드위치를 먹고 있는 것이 특별한 경험처럼 느껴졌다. 치카코의 여성스러운 말투가 함께 있는 사람들을 편안하게 해주었다.

줄곧 파카 앞자락을 움켜쥐고 있던 리호의 왼손에 힘이 빠지고, 평평한 가슴으로 훈훈한 밤바람이 불어왔다. 항상 아르바이트하는 사람들과 회식할 때처럼 책상다리를 하고 앉아서 치카코가 준 샌드위치를 먹기 시작하자, 리호는 드디어 자기가 이 모습으로 평범하게 행동할 수 있을 것 같은 느낌이 들었다.

"이렇게 캄캄한 밤에 츠바키 재는 또 저런다."

갑자기 치카코의 깔깔거리며 웃는 소리에 그쪽을 돌아보니, 츠바키가 선크림을 바르고 있는 중이었다.

"밤에도 자외선은 있거든."

"오호, 눈에 보이지 않지만 우리 곁에 스며드는 빛줄기라."

치카코가 문득 하늘을 올려다보았다. 진지한 표정으로 팔에 선크림을 바르고 있는 츠바키를 보고 있자니 리호에게는 보이지 않는 태양빛이 그녀에게만 내리쬐고 있는 것 같았다.

팔에 바르는 것으로 끝인가 생각하고 있는데, 이번에는 손에 선크림을 듬뿍 짜더니 옷깃을 풀어헤치고 목에 바르기 시작하는 것이 아닌가! 그 모습에 화들짝 놀란 리호는 문득 가느다란 손가락 끝으로 떨어지는 순백의 액체를 물끄러미 바라보았다. 시선을 느낀 것일까, 이쪽을 보며 츠바키가 쑥스러운 듯 웃어보였다.

"목이 제일 신경 쓰여. 주름이 생기니까."

그렇게 말하는 츠바키의 목을 쳐다보니, 그토록 희고 얇은 피부에 몇 가닥의 가는 주름이 새겨져 있었다. 마치 도자기 장인이 새겨 넣은 잔금 문양 같았다.

그 섬세한 잔금의 끝을 따라가다 보니 어느 새 스트라이프 무늬의 티셔츠 안쪽에 눈길이 멈췄다. 그 어슴푸레하고 여린 힘줄들을 물끄러미 바라보고 있었다.

"꼴불견이지?"

눈을 내리깔며 츠바키가 말했다. 그리고 이내 셔츠 단추를 여몄다. 그녀를 따라 하듯 리호도 서둘러 왼손으로 파카 앞자락을 여미고 평평한 가슴을 숨기며 다시 샌드위치를 먹었다.

테이블을 닦으면서 리호는 손 피부 속에 비치는 자신의 뼈를 내려다보았다. 뼈에도 성별이 있을까, 이런저런 생각을 하고 있는데 파트타임 아주머니가 부르는 소리가 들렸다.

"2번 테이블에 블렌드 커피 좀 부탁해, 리호."

퍼뜩 고개를 들고 후다닥 카운터 안으로 들어가서 새로 커피를 준비했다.

한가한 시간이라 물도 새로 준비해 가져갔다. 거기에는 츠바키가 앉아 있었다.

"손님, 커피 새로 준비해 드리겠습니다. 물도 새로 가져왔습니다."

머리를 숙이며 얼음이 거의 녹은 물컵을 새것으로 바꾸어 주었다.

"고마워요."

츠바키는 가벼운 웃음을 던지고 다시 노트로 시선을 떨구었다. 카운터로 돌아오자 아주머니가 다시 말을 건넸다.

"정말 미안해, 리호. 얼음이 없는 것 같아. 홀은 내가 보고 있을 테니까 얼음 좀 가져다줄래?"

"네. 알겠어요."

주방 냉장고로 얼음을 가지러 가려는데 메이가 마침 출근을 했다.

"좋은 아침입니다. 참, 저번에 2차 갔었죠. 우리도 같이 가자고 하는 걸 못 갔잖아요. 여자는 리호 씨 혼자였는데 괜찮았어요?"

"괜찮아요, 괜찮아. 그 녀석들, 나를 여자로 안 보니까요."

중얼거리며 메이의 얼굴을 슬쩍 훔쳐봤다. 메이는 나보다 세밀한 조각칼로 깎은 것처럼 섬세한 이목구비를 가지고 있었다. 턱뼈도, 쇄골도, 목선도, 누군가가 정성껏 줄로 갈은 것처럼 매끈하게 정리가 되어 있었다.

"아, 얼음 제가 가지고 올게요."

"정말요? 고마워요."

메이가 재빨리 주방 쪽으로 달려갔다. 리호는 멍하니 그 새하얀 목덜미를 눈으로 좇고 있었다. 깔끔하게 머리를 올려야 하는 이곳 규정이 평소에는 불만이었는데, 메이의 가는 목을 투명한 갈색 귀밑머리가 살짝 간질이고 있는 모습을 보니, 이 규정도 나름 괜찮다는 생각이 들었다.

아침 일찍 출근하는 파트타임 아주머니가 메이의 뒷모습을 힐끗 쳐다보더니 구시렁거렸다.

"저런 타입의 여자아이들이 알고 보면 제일 잘 놀아. 항상 쉬는 시간만 되면 남자랑 통화나 하고 말이야. 가게 남자들한테는 관심 없는 척하면서 아주 거만하게 구는 게 빤히 보인다니까. 아직까지는 문제가 생기지 않았지만, 주방 남자들도 자칫하다가는 간단히 넘어갈걸."

"어머, 그래요?"

적당히 맞장구를 치면서 리호는 메이가 어떤 남자와 통화를 하는 걸까 궁금해졌다. 저 달콤한 목소리가 수화기에서 흘러나오면 어떤 기분일까?

성에 대해 공부를 하다 보니, 두 가지 의문이 생겼다. 자기 안의 성별과 자신의 성적 취향. 리호는 도무지 알 수가 없었다.

타고난 육체의 성별이 여자인 것은 알겠는데, 몸은 여자라도 진짜 속은 남자가 아닐까? 여자인 메이를 좋아하는 것 같기는 한데, 그런 자신이 이성애자인지 동성애자인지조차 확실하지가 않았다. 여자의 몸으로 여자를 좋아하는 건지 남자를 좋아하는 건지. 아니면 마음은 남자인 채로 여자를 좋아하는 건지, 남자를 좋아하는 건지 정확하게 파악할 수 없기 때문에 그토록 섹스가 고통스러웠는지 모른다는 생각이 들었다. 그 때문에라도 우선은 자기 의지로 제2의 2차 성징을 성공시켜야 한다.

그런 생각을 골똘히 하면서 점심 피크 시간에 대비하여 포크와 나이프, 스푼을 플라스틱 통에 넣으면서 세팅을 하고 있는데, 츠바키가 계산서를 들고 일어났다.

허둥지둥 계산대로 달려가 금액을 확인했다.

"750엔입니다."

지갑으로 시선을 떨군 그녀의 얼굴을 물끄러미 훔쳐봤다. 속눈썹 한 올 한 올까지 정성껏 마스카라가 칠해져 있었다. 보드라운 피부에는 잡티 하나 찾아볼 수 없었다. 선크림을 바르던 츠바키를 떠올리며 목덜미를 바라보고 있었다.

"그렇게 멍하니 있으면 어떡해요. 여기요."

츠바키의 말에 화들짝 놀라며 천 엔짜리 지폐를 받아들었다.

"잘 먹었어요."

살짝 미소를 남기고 나가는 츠바키에게 목례를 하면서, 그날 저녁 옥상에서 옷깃 사이로 보인 피부에 새겨진 아주 옅은 흔적의 주름을 떠올렸다.

오후 5시, 근무를 마친 리호는 자전거 바구니 속의 종이 봉투를 보고 한숨을 쉬었다.

시합용 수영복처럼 생긴 시커먼 색의 톱을 부모님에게 들키지 않으려고 욕실에서 빤 다음 방에 가지고 들어와서 말렸다. 오늘 아침에도 다 마른 톱과 가발을 종이봉투에 넣어서 가지고 온 것이다. 하지만 하루 종일 레스토랑 안을 종종

거리며 뛰어다니느라 피곤에 찌든 몸으로 독서실에 가고, 그곳에서 다시 정신적으로 피곤에 찌드는 하루하루는 정말 버거웠다. 오늘은 특히 매장이 북적거려 더욱 힘들었기 때문에 그냥 집으로 가려고 방향을 틀어 자전거 속도를 올렸다.

집 근처 공원에서 오르막길을 자전거로 힘겹게 오르고 있는데 갑자기 누가 어깨를 툭 쳤다.

"리호, 오랜만이네."

돌아보니 석 달 정도 사귀었던 남자가 서 있었다. 마지막으로 만났을 때보다 검게 그을려 있고, 탄탄해진 피부와 땀으로 번뜩이는 얼굴이 유독 생기롭게 보였다.

그의 손길이 닿았던 육체가 다시 여자의 윤곽으로 되돌아간 느낌이 들자, 리호는 순간 휘청거렸다.

"왜 그래? 잘 지냈어?"

리호는 아무 말도 하지 않고 자전거에 올라타 반대 방향으로 내달리기 시작했다.

리호는 처음부터 섹스가 고통스러웠다.

처음 그것을 알게 된 것은 고등학교 1학년 무렵, 친구의 남자 친구 소개로 두 살 연상의 선배를 만났을 때였다. 그

때의 충격과 공포는 지금도 잊히지 않는다. 그는 온화하고, 함께 있으면 편안한 사람이었다. 그의 성격만큼이나 부드럽고 온화한 섹스를 했는데도, 리호는 그날 밤 집에서 온몸에 남아 있는 그의 손가락 감촉을 떠올릴 때마다 소름이 돋아 잠을 한숨도 이루지 못했다.

아무리 생각해도 그를 좋아하는 마음은 연애 감정이 아닌 친한 오빠 정도라는 확신이 들자 그와 헤어지고 다른 사람을 사귀었다. 다섯 명 정도 사귀고, 고등학교 졸업 후 프리랜서로 일을 하게 되었을 즈음에는 누구와도 섹스는 힘들 거라고 생각했다. 그리고 마지막 연인과도 그런 이유로 이별을 했다.

늘 처음에는 좋아하는 사람의 손길로 육체가 정화되는 느낌이 들었다. 옷을 입고 있는 동안만큼은 행복했다. 그러나 알몸이 되고 그의 손이 유방에 닿으면 늘 그랬듯 리호의 육체는 움츠러들었다.

'또?' 하는 자포자기와 '이 남자만큼은' 하는 기대가 뒤섞인다. 조금 전까지 정화되는 느낌이 들었던 육체가 침대 안에서는 온통 새까맣게 부패되어 버리는 것만 같았다.

그 길로 자전거를 달려서 독서실로 왔다. 화장실에서 서둘러 옷을 갈아입었다.

이 답답하고 거추장스러운 가슴을 없애줄 톱만이 자신을 해방시킬 것만 같았다.

어깨 길이로 머리를 묶고 가발을 썼다. 거울 속에 비친 조금 부자연스러워 보이는 커트 머리의 자신을 보며 아무래도 미용실에 가서 머리를 짧게 잘라버려야겠다고 다짐하면서, 핀으로 가발을 고정시켰다.

위에 얇은 흰색 파카를 걸치고 빠른 걸음으로 좌석으로 향했다. 독서실 안에는 미세한 샤프 소리와 노트를 뒤적이는 소리가 뒤섞여서 날 뿐, 사람들 목소리도 숨소리도 들리지 않았다.

연갈색 나무 책상에 도착해 회색 의자에 걸터앉고 나서야 비로소 숨을 몰아쉬었다. 땀이 흐른 이마를 양손으로 닦았다.

에어컨 바람으로 시원해진 공기를 천천히 들이마셨다. 유방이 없어진 평평한 가슴으로 물결처럼 산소가 들어왔다가 다시 흘러나갔다. 이곳은 자그마한 교회, 나는 그저 기도를 하고 있을 뿐이다.

거친 호흡을 진정시키지 못한 채 조용히 앉아 있는데 누가 또 어깨를 두드렸다. 깜짝 놀라 뒤돌아보니 츠바키가 서 있었다.

시계를 보니 저녁 7시 반쯤 되었다. 츠바키는 눈이 마주치자 찡끗 웃어 보이며 손짓을 했다. 고개를 끄덕인 리호는 소리가 나지 않도록 조심스레 몸을 일으켰다.

츠바키는 회사를 마치고 항상 이 시간이면 나타난다. 언제부터인가 옥상에 올라가 함께 저녁 식사를 하는 것이 습관이 되었다. 함께 식사를 하고 리호는 돌아가지만 츠바키와 치카코는 그때부터가 공부 시간인 모양이었다.

"리호 씨, 혹시 우리가 남자로 대해주어야 하는 거 아니야? 아르바이트할 때는 여자인데, 여기서 만날 때는 가발까지 쓰고 남자 행세를 하는 것처럼 보여서 말이야. 미안, 너무 솔직했나? 하지만 만약 그런 거라면 확실하게 물어보는 게 나을 것 같아서."

츠바키가 조심스러운 듯 물었다. 리호는 말문이 막혀버렸다.

"그게…… 아직, 저도 잘 모르겠어요."

잠긴 목을 쥐어짜내서 간신히 대답했다.

"모르겠다니?"

"지금 난생처음으로 제 성별을 찾고 있는 중이거든요. 2차 성징을 되찾는다고나 할까."

설명을 하고 있자니 가발과 머리 사이에서 뜨끈한 땀이 흘러내렸다. 가장 듣고 싶지 않은 질문이었다. 정말 남자라는 확신을 갖고 말할 수 있다면 얼마나 좋을까. 하지만 확신할 수 없는 상태에서 이런 몰골로 있는 자신을 어떻게 설명해야 할지 종잡을 수가 없었다.

"무슨 말인지?"

되묻는 츠바키의 목소리가 약간 싸늘해진 것 같아 리호는 점점 더 작아졌다.

"우선은 제 성별을 0으로 보고, 아이 때처럼 육체적 변화에 맞춰가는 것이 아니라 의지로 어느 쪽 성별이 좋은지 결정하려고요."

츠바키의 눈썹이 약간 올라갔다.

"자기가 남자일지도 모른다는 거야? 옛날부터 그런 사람한테는 위화감이 들지 않나?"

리호는 얼굴을 숙이고 가발을 고쳐 썼다. 목덜미에서 또 한 방울 땀이 떨어졌다. 추궁당하고 싶지 않은 것을 날카롭게 추궁당하자 리호는 우물쭈물 더듬듯 대답했다.

"아, 그러니까, 차라리 그런 거라면 굳이 0부터 다시 생각해볼 필요도 없겠죠. 그런데 저는 그런 것조차 없어요. 그런데 그, 섹스에 대한 고통이 있어서, 그래서…… 그러니까 그걸 시험해보는 기간 같은……."

"그렇구나."

츠바키는 흥미를 잃었다는 듯, 샐러드를 먹기 시작했다. 그 모습은 약간 화가 나 있는 것처럼 보였다.

리호는 불안한 마음에 옆에서 묵묵히 대화를 듣고 있던 치카코를 쳐다보자, 눈꼬리를 내리고 사람 좋은 미소를 띠며 고개를 끄덕여주었다.

"그렇구나, 모를 수도 있지 뭐. 여러 가지 시도를 해 보는 게 좋을 것 같아. 가장 잘 맞고 마음 편한 모습이 분명히 있을 거야."

그때 리호의 휴대전화가 울렸다.

아르바이트를 같이 하는 남자였다. 점심시간부터 일하고 있는 대학생이다. 휴식 시간에 전화를 한 모양이었다.

"저기, 리호. 오늘 10시에 아이들이랑 불꽃놀이 구경 가려고 하는데, 너 올 수 있어? 홀 여자아이들도 부르고 싶은데,

남자들만 있다고 하면 안 오겠지? 네가 온다고 하면 설득하기 쉬우니까."

순간 뇌리에 메이의 가녀린 목덜미가 떠올랐다.

"갈게."

반사적으로 리호는 얼굴을 들면서 그렇게 대답하고 있었다.

리호는 독서실에서 책을 읽기도 하고 휴게실에서 과자를 먹기도 하면서 시간을 때우다가 독서실이 문 닫는 11시쯤 원래 차림으로 옷을 바꿔 입고 레스토랑 옆에 있는 공원으로 향했다. 벌써 불꽃놀이는 시작되었고, 술을 마시며 즐기고 있었는지 주변에 이미 빈 캔들이 나뒹굴고 있었다. 모두 얼큰히 취해서 로켓 폭죽을 쏘아 올리기 시작한 직후였다.

"리호 씨 왔네요. 모두들 취했어요. 안 그래도 나 혼자라 무서웠는데."

메이의 이런 모습은 리호한테가 아니라 남자들한테 애교를 부릴 때 하는 행동인데, 오늘은 사내들이 누구 하나 이쪽을 쳐다보지 않는데도 교태를 부리고 있다. '설마 나한테 아양을 떠는 건가' 생각하고 있는데, 두 다리 사이의 은밀한 곳이 뜨거워졌다. 그곳의 비어 있는 구멍은 여자 성기 모양을 하고 있어도, 사실은 남자의 페니스 같다는 생각을 하면서 메이에게 웃어 보였다.

"어머, 모두들 취해서 이쪽으로 달려오고 있네요. 너무 싫어요."

"도망가요. 자, 이쪽으로."

시끄러운 곳을 피해 공원 수풀 속으로 들어가 몸을 움츠리고 숨었다.

언제 그랬는지 잡고 있던 손을 허둥지둥 놓으려고 하는데 메이의 손아귀에 걸려서 빠지지 않았다.

침을 꿀꺽 삼키며 리호는 최대한 낮은 톤으로 말했다.

"메이 씨, 정말 사랑스럽네."

그러고 보니 자신이 정말 완벽한 남자가 된 것 같았다. 공원 수풀 속에 거울이 있을 리 없으니, 보드라운 여자 몸의 윤곽은 사라지고 기골이 장대한 사내의 몸을 얻었다고 착각할 수도 있으리라.

칭찬이 효과가 있었는지 메이가 좋아하고 있었다. 얼굴을 가까이 가져갔는데도 피하지 않았다. 메이가 익숙한 모습으로 얼굴을 기울인 그 찰나 새하얀 귓불 밑으로 금색 귀걸이가 흔들거렸다. 올바른 자세였다. 드디어 시험에서 정답을 찾은 기분이었다.

'그래, 남자인 내가 여자인 메이를 좋아하는 거야.'

지금까지는 여자 입장에서만 키스를 했기 때문에 어떻게 해야 좋을지 몰랐다. 하지만 그런 어설픈 모습을 메이에게 보이고 싶지 않았다. 남자답게, 약간 거친 제스처로 메이 어깨에 손을 얹었다. 그리고 눈을 감으면서 천천히 연분홍색 입술에 마른 입술을 포갰다.

입술이 닿는 순간, 그 보드라움에 너무 놀라서 리호는 자기도 모르게 눈을 뜨고 말았다. 여자는 신체뿐만 아니라 입술까지도 이렇게 보드라운 감촉을 갖고 있다는 것을 처음 알았다. 당황하는 리호의 입술 안으로 메이의 따스한 혀가 밀려 들어왔다.

혀의 감촉마저 지금껏 리호가 키스를 했던 남자들과는 전혀 달랐다. 남자가 키스를 해왔을 때와는 전혀 다른 의미로, 리호는 자기도 똑같은 보드라운 공격을 받은 기분이었다.

순간 완벽한 남자가 되었다는 환상이 깨지면서 리호는 재빨리 몸을 곧추세웠다. 메이는 옅은 미소와 함께 리호 품에 안겼다.

메이의 탄력적인 육체에 자신의 보드라움이 겹쳐지면서

자기가 여자라는 사실이 점점 부풀어 오르는 것 같았다.

"여자란 정말 부드러워요. 리호 씨, 키스 정말 멋졌어요."

이쪽을 바라보며 메이는 아까보다 더 촉촉한 목소리를 건넸다. 리호는 당황스러운 듯 머뭇거리다가 "어, 녀석들이다" 하고 일어섰다.

조금 전까지의 여린 발정이 꿈이었나 싶게 욕망이 완전히 사그라져버린 자기 입술을 엄지로 문질렀다. 그리고 온몸으로 엄습하는 전율을 억누르느라 안간힘을 쓸 뿐이었다.

"이봐, 불꽃놀이 시작이야! 어서 나와!"

"갈까요?"

메이가 리호를 보며 방긋 웃었다. 리호도 가볍게 끄덕였다. 훈훈한 밤바람이 뺨을 어루만지고 있었다.

집으로 돌아와 다짜고짜 컴퓨터를 켰다.

인터넷 정보의 바다를 헤엄치고 있으면 자기 몸속을 헤엄치고 있는 것 같은 기분이 든다. 하지만 그곳은 필사적으로 발버둥 치면 칠수록 깊어지는 늪이었다. 빠져들기만 할 뿐 해답은 찾을 수 없었다.

무성애無性愛, 팬섹슈얼(Pansexual), 에이섹슈얼(Asexual), 닥

치는 대로 섹스와 연관된 단어를 찾아서 인쇄 버튼을 눌렀다. 읽을 기력조차 없어서 인쇄물만 방 안 가득 쌓였다.

리호는 한숨을 몰아쉬며 막 프린터에서 나온 뜨끈한 종이에 손가락을 가져갔다. 필사적으로 글자를 따라가봤지만 결정적으로 리호가 소속될 곳은 없었다. 고독감이 몰려왔고, 반복된 작업으로 기진맥진했다.

리호는 실성한 사람처럼 종이를 집어 던지고 침대에 뛰어들었다. 종이가 온 방 안에 흩어져 날렸다. 이불 틈으로 실눈을 뜨고 바라본 방 안은, 새하얀 종이들이 바닥에 흩어져 있는 모습이 마치 군데군데 벽지를 덜 바른 모양 같았다. 가지각색의 성적 취향 중에서도 배제된 존재 같다는 생각이 들어서 눈을 꼭 감고 머리끝까지 이불을 뒤집어썼다.

잠깐 잠이 든 사이, 이상한 꿈을 꾸었다. 그곳은 그리운 초등학교 운동장이었다.

옷을 잡아당겨보니, 반팔 체육복에 청바지를 입고 있었다. 아직 브래지어도 하지 않았다. 시선이 낮은 걸 보니 아주 어릴 때로 돌아가 있는 것 같았다.

리호는 운동장을 달리기 시작했다. 왜 달리는지는 몰랐

다. 문득 운동장 한가운데 흰 물체가 보여서 발을 멈추었다.

그것은 누워 있는 사람의 모습이었다. 가까이 가보니 하얀 원피스를 입은 츠바키가 거기에 있었다.

리호는 츠바키를 흔들어 깨우려다가 순간 목덜미에 보이는 옅은 주름을 보았다.

조심스럽게 그 주름을 만졌다. 갑자기 츠바키의 목주름이 갈라지더니 그 안에서 황금색 액체가 넘쳐흘렀다. 리호는 그 액체에 격하게 발정을 했고 손에 묻혀서 혀로 핥기 시작했다. 핥아도 핥아도 액체는 넘쳐흘렀다. 리호가 황금색 액체에 흥건히 젖은 츠바키의 가녀린 발에 허벅지를 문지르며 절정에 다다른 순간 잠에서 깼다.

가만히 눈을 떠보니 그곳은 어두컴컴한 자기 방이었다.

다리 사이로 절정에 다다랐던 감각이 아직 남아 있었다.

일어나보니 방에는 아직도 흰 종이가 흩어져 있었다. 형광등을 하나만 켜고, 정적이 감도는 집 안에서 종이를 집어 들고 읽기 시작했다.

리호는 한 장 한 장 기도하듯 집어 들면서 부디 자신에게 맞는 성이 그곳에 있어 주기를, 그저 그것만 빌었다.

기원의 울림만이 공허한 방 안에 퍼져나갔다. 가장 비슷

할 것 같았던 무성애에 대한 설명도, 자꾸 읽을수록 불안감만 커질 뿐이었다. 거기에는 성욕이 전혀 없다고 적혀 있었다. 리호는 지금까지 만났던 상대에게 연애 감정이 있었고, 섹스를 할 때까지는 분명히 성욕이 있었다. 바로 조금 전에도 그런 꿈을 꾸었다. 욕망은 있지만 섹스가 잘되지 않는 리호의 경우는 무성애에 대한 설명과는 상당한 차이가 있었다.

잠시 생각에 잠겨 있던 리호는 자신이 정말 무성애자인지 아닌지 확인해보려고 지퍼를 내리고 바지 속으로 손을 넣었다.

도저히 눈으로 직접 확인할 자신은 없어서 손의 감촉만으로 만지작거렸다. 성기에 대한 정체 모를 공포심도 어쩌면 무성애자라는 증거일지 모른다. 그러나 얕은 숨을 몰아쉬며 그곳에 손을 대자, 아까 꾸었던 꿈의 광경이 선명하게 떠올랐다.

황금색 액체에 흥건히 젖은 츠바키의 새하얀 몸이 뇌리에 떠오른 순간, 다시 내장이 뜨거워졌다. 거기에 살아 있는 무언가가 있는 것처럼 욱신거리는 아픔이 꿈틀거리면서 아랫배를 끌어당겼다.

정신을 차리고 보니 손가락이 젖어 있었다. 질은 분명하게 반응하고 있었다. 어리둥절한 채로 만지작거리는 손가락 끝이 단단한 무언가에 닿았다. 음핵까지 발기되어 있음을 확인하는 순간 깜짝 놀라 손을 뺐다.

바지 지퍼에 걸려서 손등이 빨개졌다. 손가락은 자기 안에서 나온 점액으로 축축해져 있었다. 툭, 손을 떨구면서 리호는 생각했다.

'내게는 분명히 성욕이 존재하고 있다. 연애 감정도 성욕도 있다면 적어도 무성애자는 아니다. 그럼 나는 대체 무엇인가.'

하루라도 빨리 무언가 자신을 설명할 단어를 찾고 싶었다. 그렇게만 되면 메이에 대한 그 행동의 잘잘못도 밝혀질 터였다. 무엇보다 자신이 누구인지 모른다는 사실에 불안해서 견딜 수가 없었다. 어서 무언가에 소속되고 싶어졌다.

질에서 나온 액체에 젖은 손을 거칠게 티슈로 닦고 상자를 벽에 던져버렸다.

"뭐 하는 거니, 리호? 일어났니?"

옆의 부모님 방문이 열리는 소리가 들렸고, 잔뜩 화가 난 엄마 목소리가 날아들었다.

후다닥 지퍼를 올리고 바닥에 떨어져 있는 종이봉투를 들어서 있는 힘껏 침대에 던졌다.

종이봉투가 철퍼덕 흔들리면서 가슴을 없애주는 검은색 톱이 튕겨 나왔다.

치카코. 1

치카코가 살포시 눈을 뜨자, 창밖에서 연한 빛줄기가 스며드는 것이 보였다. '솔SOL, 태양의 빛이다'.

치카코는 자리에서 일어나 창밖으로 얼굴을 내밀었다. 내뿜는 빛이 너무 강해서 솔을 직접 쳐다볼 수는 없지만 별이 불타오르고 있는 열기만큼은 분명히 느낄 수 있었다. 바깥 풍경은 회색빛 요철 모양을 한 별 표면이 끝없이 이어져 있고, 거기를 솔의 빛이 비추고 있었다.

할아버지는 항상 태양을 솔이라고 불렀기 때문에 언젠가부터 치카코도 마음속으로 그렇게 부른다. 밤하늘에 떠 있는 모든 별들은 알갱이 정도로밖에 보이지 않는데, 이렇게

나 큰 별이 덩어리로 보이고 그 열기가 여기까지 전해진다는 것은 정말로 신기한 일이다. 그 때문일까. 우주에서 비추는데도 이렇게 눈이 부시다니, 어둠에 떠 있는 지구별 위에 이 정도의 열과 빛을 뿌린다는 것은 약간의 위화감마저 든다. '하지만 별이 불타는 열기는 기분이 좋아' 치카코는 눈을 가늘게 뜨고 하품을 했다.

밖으로 나가자 솔의 열기로 지구별의 표면은 꽤 따뜻해져 있었다. 걷고 있어도 떠다니는 것 같은 기분을 떨칠 수 없는 것은 지구 자체가 우주에 떠 있기 때문이다.

이 별의 표면에는 개미탑과 종유동을 연상시키는 빌딩이라는 이름의 거대한 회색 돌기가 여러 개 자라고 있으며, 그것은 꽤 멀리까지 이어져 있다. 멀리서 천체망원경으로 이 별을 보면 도저히 서서 걸을 수 없는 들쭉날쭉한 별이라고 생각할 것이다.

돌기는 거의 직육면체로, 그 사이를 치카코는 걷고 있다. 약간 작고 짙은 회색 돌기 앞에 멈춰 선다. 그곳이 치카코의 '회사'다. 치카코는 그 돌기의 빈 구멍 속으로 들어간다. 그 안은 텅 비어 있으며 마치 섬뜩한 동굴 같다.

치카코는 이 회사를 보면 항상 정사각형으로 만들어진 벌집 같다는 생각을 한다. 거기에는 무수한 구멍이 규칙적으로 뚫려 있고, 솔의 빛이 속속들이 스며들고 있다.

구멍 위쪽에 있는 한 작은 벌집 같은 장소에서 옷을 갈아입고 있는데 동료가 들어왔다.

"좋은 아침, 치카코."

"아, 좋은 아침."

"오늘도 아침부터 꽤 덥네. 전철은 냉방을 너무 세게 틀어서 춥던데. 아, 안녕하세요."

의미 없는 인사가 오가고, 서서히 지금은 '아침'이라는 시간이구나, 생각이 들었다. 조금 전까지 영원이었던 시간이 아침과 밤이라는 이쪽 세계의 규칙으로 구분되고 있음을 떠올렸다.

치카코는 솔을 지구에서 가까운 별 하나쯤으로밖에 느끼지 않기 때문에 혼자서는 그 별빛을 기준으로 '하루'를 만들 수가 없었다. 그보다 훨씬 영원으로 이어지고, 오랫동안 같은 시간 속에 있다는 감각이 더 강하다. 이렇게 회사에 온 사람들과 인사를 나누고 드디어 하루라는 구분이 있다는 것을 생각해낸다.

혼자 있으면 다시 영원히 이어지는 시간의 흐름 속으로

돌아가버린다. 다른 사람들처럼 혼자서 아침을 만들 수 없는 것이다. 우주를 떠도는 별과 별 사이에 영원히 흐르고 있는 시간 속에서 익사해버릴 것 같았다.

그래서 치카코는 회사가 좋았다. 영업부로 이동하고 나서는 너무 바쁘기만 하고 재미도 없지만, 회사가 있기 때문에 자기에게는 그나마 아침이 있는 것이다.

유니폼으로 갈아입은 치카코는 조회 시간까지 자리에 앉아서 물을 마시고 있었다.

"빨리 왔네, 치카코."

어깨를 치고 가는 손길에 돌아보니 동기 여직원이었다.

"어제 노래방에 갔다가 전철을 놓쳤잖아. 아무도 없는 역에 혼자 남겨져서는 어찌나 무섭던지. 간신히 택시 잡아타고 집에 갔다니까."

같은 시간이 그저 이어져 흘러가고 있는 감각밖에 없는 치카코에게는 그녀의 이야기가 마냥 즐겁기만 했다.

조회 시간이 다가오자 사람들이 모여들기 시작하면서 점점 회사 안에 아침이 확실히 떠오른다. 이곳은 지구 표면에 불쑥 솟아 있는 돌기의 하나, 모두가 환상을 공유하면서 아침 속의 분주한 회사라는 장소가 되어 가고 있다. 그것은 모두의 환상이 만들어낸 세계다. 그 환상에 감싸여 있다는 사실이 치카코는 행복하다. 공유하고 있는 이 환상의 세계가 너무 좋았다.

"히라오카 씨는 늘 즐겁게 일하는 것 같아."

상사도 동료들도 종종 이렇게 말한다. 치카코는 치아를 드러내보이며 미소로 답한다.

일을 마치면 치카코는 독서실로 향했다.

독서실을 다니면 모두가 공유하고 있는 환상의 세계 안에 있을 수 있는 시간이 길어지고, '밤'이라는 존재를 느낄 수 있게 된다. 사람들의 행동, 표정, 호흡, 말, 그런 것들이 우주 안에 밤이라는 규칙을 만들어간다.

모두가 거대한 소꿉놀이를 하고 있는 것 같아, 어렴풋이 치카코는 그런 생각을 한다. 여자 몇 명이 모여서 소꿉놀이를 시작하는 순간, 거기에는 그 집단만이 공유하고 있는 보이지 않는 공간이 생겨난다. 평범한 공원의 모래사장에 불과했던 장소가 언제부터인가 여기는 부엌, 여기는 침실로 구분되고, 놀이가 끝날 때까지 누구도 그 규칙을 깨지 않는다. 아이들은 어른 눈에는 보이지 않는 그 공간에서 놀이를 계속하고 그 안에서 아침과 밤을 반복한다. 그 놀이를 몇십

억 명이나 되는 사람들이 매일 반복하고 있는 모양이다.

그들과 치카코의 다른 점이 있다면, 그들은 영원히 이어지는 소꿉놀이 속에 있고, 자신은 언젠가 이 놀이를 끝내고 홀로 우주를 떠도는 시간의 흐름으로 돌아가야 한다는 것이다. 자기한테만 마감 시간이 있는 것 같아서 외로워진다. 언제까지나 이 소꿉놀이 속에 있고 싶지만, 혼자서 놀이를 지속한다는 것은 치카코에게 아무래도 불가능한 것이었다.

오늘은 독서실 책상에 일본 사람의 특징을 다룬 책과 다양한 상식, 예절에 대해 엄격하게 편집된 책을 늘어놓았다. 그저 사람들이 모이는 장소에 늦게까지 있고 싶다는 이유만으로 독서실에 다니기 때문에 특별히 공부를 하지는 않는다. 그러다 보니 늘 이런 잡학 관련 책들을 읽게 된다.

별에 대한 감각이 강한 치카코는 이렇게 다양한 상식이나 규칙을 알아가는 것이 좋았다. 애초에 자신과 아무런 연관이 없는 규칙의 나열은 언제 보아도 흥미롭고 사랑스러웠다. 남자는 이렇게 하지 않으면 안 되고, 여자는 이래야 한다는 내용의 책도 좋았다. 소꿉놀이를 하면서 아이들은 규칙을 만든다. 여기부터 앞쪽은 지하실이니까 아버지만 들어가야 해, 아침 식사는 모두 식탁에 앉아서 먹어야 해, 이렇게 단순한 규칙을 지켜야 한다는 것만으로도 소꿉놀이는 즐겁다. 치카코에게는 이런 책이 그런 놀이의 규칙을 나열해 놓은 것처럼 보였다. 소꿉놀이 안에서 어느 틈엔가 생겨난 규칙, 그것을 지키기 때문에 환상을 공유할 수 있다는 것은 즐거운 일이다.

얼마 지나지 않아 책 읽는 것도 무료해진 치카코는 어두운 옥상으로 올라가 담벼락에 기대고 앉아 문자를 보냈다.

지금 식사 중. 올래?

간단한 문자를 보내고 나자 금방 발소리가 들려왔다. 츠바키겠지, 생각하고 발소리가 나는 쪽을 쳐다보았다.

츠바키는 어릴 때부터 함께 지낸 고향 친구다. 자란 곳은 교외지만 직장은 같은 도쿄라 지금까지 자주 연락을 하고 있다. 이 독서실도 츠바키가 먼저 다녔고, 치카코도 괜찮을 것 같아서 따라다니게 된 것이다. 독서실에는 조용히 혼자 공부하는 사람이 대부분인데 츠바키와 치카코는 식사도 함께하며 어울렸다. 먼저 식사를 하는 쪽이 '지금 식사 중' 하고 문자를 보낸다. 문자를 받고 배가 고프면 옥상으로 올라가 함께 식사를 하고 그렇지 않으면 계속 공부를 한다. 나름 간단한 규칙이다.

오늘은 마침 츠바키도 좀 쉬고 싶은 타이밍이었는지 생각보다 빨리 올라왔다고 생각하면서 그쪽으로 걸어가고 있는데 문득 낯선 모습에 고개를 갸웃거렸다.

"어, 그 아이 누구야?"

츠바키를 따라온 커트 머리의 여자아이가 치카코와 눈이 마주치자 당황한 듯 머리를 숙였다. 왠지 우둔해보이고 짧은 머리가 부자연스러운 여자아이는 가볍게 인사를 하고 허둥지둥 앞머리를 매만지고 있었다.

츠바키가 자주 간다는 레스토랑 점원이라는 그 여자아이는 사야마 리호라는 이름을 가진, 아직 열아홉 살의 소녀였다. 치카코보다 열 살이나 어리지만 그녀에게는 크게 다를 것이 없었다. 십 년 정도 차이쯤이야, 앞으로 영원히 이어질 물질로서의 시간에 비하면 한순간에 불과하니까.

지금은 이렇게 탱탱하고 보드라운 육체를 갖고 있는 우리도 결국에는 쭈글쭈글 할머니 할아버지처럼 흙이 되어 별의 일부로 돌아갈 테니까. 육체의 나이 따위, 물질의 나이에 비하면 무슨 의미가 있을까.

하지만 츠바키는 자기 '육체'를 너무나 소중히 관리한다. 한밤중에도 선크림을 바르는 그녀를 치카코는 도무지 이해할 수 없었다. 하지만 한편으로는 그런 식으로 찰나에 불과한 육체를 소중히 대할 수 있다는 자체가 아름다움이 아닐까 생각했다.

힐끔 곁눈질을 하니 리호도 역시 츠바키를 쳐다보고 있었다. 그 시선이 너무 강렬해서 말조차 걸 수 없었다. 치카코는 샌드위치를 우적우적 씹으면서 우주를 올려다보았다. 칠흑 같은 어둠을 마주하면서 치카코의 목을 잘게 씹혀서 진흙처럼 보드라워진 샌드위치가 통과하고 있었다.

식사를 마치고 책상으로 돌아갔다. 공부를 마친 츠바키가 돌아가고 나서도 치카코는 줄곧 책을 읽고 있었다. 마감시간까지 독서실에 있는 것이 치카코에게는 습관이 되어버렸다.

어릴 때도 엄마가 정해준 통행금지 시간인 5시가 넘어도 계속 놀고 싶어서 이렇게 밖에서 맴돌던 기억이 났다.

하지만 언젠가 놀이는 끝날 때가 온다. 오늘도 독서실 마감 시각인 11시가 지나자 늦게까지 일을 했든 공부를 했든 책상을 지키던 사람들이 돌아가기 시작했다. 문에는 '마지막에 나오는 사람은 전기를 꺼주세요'라고 적혀 있고 치카코가 그 마지막 사람이었다. 아무도 없는 독서실을 나오며 전기를 껐다.

한번은 11시 40분까지 책을 읽고 있었는데 순찰을 돌던 경비 아저씨가 소스라치게 놀라서 소란이 벌어진 적도 있었다. 아마 그 시간이 되면 경비 아저씨가 다니면서 마지막 점검을 하고 문을 잠그는 모양이다. 그것은 수업 종료를 알리는 학교 종소리도 마찬가지였다. 그때가 되면 치카코는 무조건 소꿉놀이를 멈추어야 했다.

전차를 내려서 아파트로 향했다. 집으로 가려면 옆쪽으로 작은 개울이 흐르는 길을 꽤 걸어야 한다. 치카코는 이 길이 좋았다. 어두워서 강물은 잘 보이지 않지만 물 흐르는 소리는 들려온다.

서서히 마법이 풀리고 아침과 밤이 한낱 태양빛과 우주의 어둠 속으로 돌아가고 시간은 영원의 우주 속으로 편입된다. 그곳은 고요하고 평온한 세계지만 늘 환상의 여운이 아쉬움으로 남는다.

치카코는 가방에서 물을 꺼냈다. 독서실에서 들고 온 1리터짜리 페트병이다. 2리터짜리는 너무 무거워서 외출할 때는 늘 1리터짜리를 들고 다닌다.

물을 마시니 몸속으로 스며드는 것이 느껴졌다. 동시에 이마에서 땀이 흘러내렸다. 몸속을 물이 순환하고 있다. 이 물이 다시 별로 스며들고 공중으로 올라가서 별 속을 순환한다. 생각이 거기에 미치자 옆에 흐르는 개울물도 자신의 몸속을 흐르는 물과 이어져 있는 것만 같았다. 치카코는 어떤 물이든 결국 자신에게 들어오고, 모든 물이 자신의 체액이기도 하다고 생각했다. 별의 한 조각인 치카코에게 있어서 모든 물은 별의 체액이었다.

이렇게 걸으며 지금 자기 안을 돌아 나가는 물의 감촉을 고스란히 음미했다. 육체이기 이전에 물질인 자기 안으로 물이 스며들어왔다.

문득 하늘을 올려다보니 끝없이 거대한 어둠이 펼쳐져 있었다.

'역시 여기는 우주 공간이야. 아까까지 시간으로 구분되어 있던 것은 환상일 뿐이었어.'

결국 우주의 시간은 밝아졌다가 어두워지기를 반복하면서 영원히 이어지고, 자신은 그 안을 떠돌고 있을 뿐임을 천천히 떠올렸다.

아파트로 돌아온 치카코는 3층으로 올라가서 문을 열었다. 치카코는 밤에도 불을 켜지 않는 것을 좋아한다. 어두운 채로 방 안에 들어와 옷도 갈아입지 않고 바닥에 깔아놓은 담요 속으로 쏙 들어갔다.

여기가 아파트라는 건물인 것은 알고 있지만 역시 아까까지 있었던 회사나 독서실 빌딩처럼 구멍이 송송 뚫린 돌기로밖에 느껴지지 않았다. 돌기 안에 있는 어두운 구멍에 누웠다. 달 분화구에 누워서 뒹굴면 딱 이런 느낌일 거라는 생각이 들었다.

치카코는 눈을 감고 상상한다.

'이제 끝!'

그때처럼 누군가 그렇게 말한다.

언제나 그 말을 신호로 소꿉놀이는 끝이 나고, 가공의 아침과 밤은 없어지며, 주방이던 곳도 침실이었던 곳도 마법이 풀림과 동시에 순식간에 예전의 공원 모래사장으로 돌아가버린다.

이 길고 긴 소꿉놀이도 언젠가는 누군가 끝이라고 하지 않을까. 그리고 그 말이 세계에 울려 퍼지는 순간, 바로 조금 전까지 공유하고 있던 환상의 세계는 비눗방울처럼 '뽕' 하고 사라지고 모두 그저 별의 한 조각이 되어 돌아가리라.

'나도 끝!'

'또? 이번에는 계속하자.'

그렇게 입들이 모이고 모여 저마다 천천히 평범한 지구의 일부가 되어가기도 한다.

도쿄라 부르던 장소도 단순히 지구의 표면이 된다. 아침도 밤도 사라지고 흔한 항성의 빛과 그 빛에 비추인 행성으로, 영원히 이어지는 우주의 시간으로 모두 돌아가리라.

그런 날이 언젠가 불시에 모두가 말했던 '내일' 느닷없이 닥치는 것 아닐까. 그런 예감이 머릿속을 떠나지 않는다. 멍하니 생각에 잠겨 있던 치카코는 어느새 잠에 곯아떨어졌다. 의식을 잃고 한낱 보드라운 막대기가 되어버린 팔이 이불 위에 데굴 굴렀다.

어릴 때 치카코는 소꿉놀이를 잘하지 못했다. 친구들 모두 공상의 세계 속으로 빨려 들어가버린 것 같았다. 보이지 않는 밥을 당연하다는 눈빛으로 먹고 있는 그들의 모습이 두려우면서도 모두가 즐거운 듯 보여서 자기도 그 세계로 들어가고 싶었지만 도무지 들어가지 못한 채 늘 부러워하고만 있었다.

'끝!'

하는 누군가의 목소리에 최면에서 깨듯 방금 전까지 아가였고 아빠였고 엄마였던 친구들이 원래 상태로 돌아오면 그제야 마음을 놓았다. 혼자만 소꿉놀이 밖에 서 있는 것은 정말이지 외로운 일이었으니까.

지금도 마찬가지다. 혼자만 소꿉놀이 안에 있는 것 같은 느낌이 이어지고 있었다. 예전과 다른 점이라면 몇십억 사람들이 함께하고 있는 이 소꿉놀이는 도무지 끝날 기미가 보이지 않는다는 것이다.

소꿉놀이의 환상을 치카코 혼자만 유지하지 못하고 마법이 풀려버린다. 데구루루 구르는 작은 돌멩이, 자그마한 별로 돌아와 소꿉놀이 밖에서 잠들어버렸다.

언제부터 이렇게 되었는지는 알 수가 없었다. 아주 어릴 때부터였던 것 같다. 집에 혼자 있는 시간이 많았다. 엄마는 어릴 때 돌아가셨고 아버지는 늘 일 때문에 늦게 돌아왔다. 근처에 살고 있는 숙모가 밥을 챙겨주었지만, 치카코가 식사를 마치면 '착하니까 혼자서 아빠 기다리고 있어' 하고는 돌아가버렸다. 그때부터는 치카코 혼자만의 시간이었다.

긴 시간을 혼자 놀면서 보내다 보면 문득 시골 할아버지가 떠올랐다. 할머니는 젊은 나이에 돌아가셨지만 할아버지는 건강하셔서 혼자 끼니를 챙기며 지내고 있었다.

할아버지 집에 가면 여러 가지 모양의 돌을 보여주었다. 농사를 지었던 할아버지는 산길을 가다가 독특한 모양의 돌을 보면 주워서 모아두었던 것이다.

할아버지는 우주 이야기도 좋아했다.

"이곳은 어스Earth라는 별이란다."

"어스?"

"그래. 이 하얀 빛은 솔이라는 별에서 나오는 빛이야. 사람들은 이 빛을 낮이라고 부르지만 이 빛은 지구의 것이 아니란다. 어스에 솔의 표면이 비추고 있을 뿐이지."

그렇게 말하면서 다다미 위에 비치는 네모난 빛을 쓰다듬었다.

"그렇구나."

"어스는 46억 년이나 여기에 떠 있었단다. 인간은 그저 지금 잠시 영화를 누리고 있는 것뿐이야."

"그럼 이러다가 인간이 없어져요?"

"그렇지."

"없어지면 어떻게 되요?"

"흙으로 돌아가는 거야. 별의 일부가 되는 거지."

치카코는 자기 손바닥을 들여다보았다.

"별의 일부?"

"그래. 지금 살아 있는 인간도 어스의 한 조각 같은 건지도 몰라."

웃고 있는 할아버지의 살갗은 말라서 군데군데 금이 가 있는 것이 흡사 바위 표면 같았다. 그러고 보니 자신은 지구 한 조각이 수분을 머금고 보드랍게 팽창해 있는 것일 뿐, 언젠가는 원래 상태로 돌아가리라는 것을 느꼈다. 인간이기 이전에 자신을 그런 물체로 여겼다.

그 생각을 글짓기 시간에 쓴 적이 있었다.

"너도 독특하고 재미있긴 한데 〈여름 방학의 추억〉이라는 제목과는 조금 어울리지 않는 것 같은데?"

선생님이 웃으며 말했다. 아버지는 치카코의 작문을 칭찬해주었다.

그때부터 혼자 있을 때는 정원에 누워 있는 날이 많아졌다. 이렇게 누워 있으면 지구 표면과 자기와의 경계가 없어지는 느낌이 들면서 위인지 아래인지 구분할 수 없게 되는 것이다. 지금 자신은 별에 붙어 있으면서도 떠 있다. 솔이라는 별과 마주하며 그 태양빛을 쬐고 있는 것처럼 느껴졌다.

'치카코, 혼자 있으면 심심하지 않아?' 가끔 아버지가 걱정스러운 듯 물어봐도 '아뇨, 전혀요' 하고 대답했다.

외롭다고 느낀 적은 없었다. 치카코는 늘 지구 표면과 이어져서 우주를 회전하며 떠 있었기 때문이다.

지표와 치카코 사이에 경계선이 있다는 것을 느낄 수는 없었다. 무언가와 끝없이 이어지고 있는 것 같았고, 자기는 그저 뇌가 달린 작은 돌멩이에 불과하다는 생각도 들었다. 외롭지는 않았지만 외롭다고 느끼지 않는 자신을 이 환상 세계에 사는 사람들이 보면 으스스하게 느낄지도 모른다는 생각을 한 적은 가끔 있다.

할아버지가 세상을 뜬 것은 치카코가 초등학교 3학년이던 여름이었다. 할아버지는 땅에 묻혔다.

"고인의 바람입니다. 지금은 아주 드문 일입니다. 나도 오랜만이고. 어쩌면 이번이 마지막일지 모르겠군요. 여러분, 부디 모두 오랫동안 기억해주시기 바랍니다."

스님이 말했다.

산 위에 마을이 있는 탓일까. 태양빛이 유독 가까이서 내리쬐는 것 같았다. 치카코는 연신 흐르는 땀을 닦았다. 드디어 할아버지의 관이 실려 나오고, 논두렁 끝에 있는 제방 옆에 뚫어놓은 구멍으로 들어갔다. 논두렁 옆에는 몇 개의 묘석이 있었는데, 대대로 히라오카 가문의 친족들이 여기에 묻힌다고 숙모가 일러주었다.

관 위로 천천히 흙을 뿌렸다. 삽질 몇 번에 아버지도 숙부도 땀범벅이 되었다.

흙 속으로 잠겨 들어가는 할아버지를 보며 아아, 역시 인간은 별의 일부였구나 생각했다.

내리쬐는 태양 광선이 눈부시게 비치자 상복으로 입은 검은 원피스에서 삐져나온 발이 땅과 이어져 있는 것처럼 보였다. 연신 땀을 흘리고 있는 친척들도 마치 비 갠 땅 표면을 닮은 것 같았다.

매장이 끝나고 모두 할아버지 집으로 돌아와 초밥을 먹었다.

"땀을 많이 흘렸네."

숙모가 수건으로 닦아주었다. 숙모의 따스한 손길이 닿자 조금 전까지 별의 한 조각으로만 여겨지던 자신의 몸이 물체가 아닌 살아 있는 육체로 변하는 느낌이 들었다. '나는 숙모에게 있어서 살아 있는 인간이야'라고 생각하며 숙모 손에 들린 수건에 스며 있는 태양의 냄새를 맡았다.

"치카코가 열이 조금 있는 것 같은데."

사랑스러운 말투로 숙모가 치카코의 팔을 쓰다듬었다. 별의 일부에 불과한 우리가 서로를 보듬어 안고 어루만지면서 물질이 아닌 인간이 되는 순간임을 치카코는 자신의 축축한 팔을 바라보며 느끼고 있었다.

치카코는 페트병을 입에 가져다 대었다. 회사 점심시간에는 보통 비어 있는 회의실에서 동료들과 식사를 한다. 근처 편의점에서 산 파스타를 먹고 있던 동료 여직원이 얼굴을 들고 치카코의 목을 쳐다보았다.

"치카코는 물을 많이 마시는 것 같아."

"아, 그렇지. 내가 좀 그래."

"나도 물을 많이 마셔볼까. 물을 많이 마시는 게 미용에 좋다는 건 알고 있는데, 자꾸 커피를 마시게 돼."

"커피보다는 왠지 물이 몸에 더 스며드는 느낌이 들잖아."

말을 마치고 치카코는 다시 입술 사이로 물을 흘린다. 미지근한 물이 목을 타고 몸속 빈 곳으로 떨어진다.

몸속을 흐르는 물을 느끼면서 문득 자신이 비를 맞고 있는 돌처럼 느껴졌다. 흘러들어 온 물은 스스로 증발해서 또는 소변이 되어 흘러나오고 다시 비가 되어 별에 스며든다. 물을 마시고 있으면, 그 거대한 흐름 속에서 지금 이 물이 자신의 몸을 통해 빠져나가고 있을 뿐이라는 생각이 든다.

여름 방학 때 평상에서 수박을 먹으며 할아버지가 말했다.

"알겠니, 치카코? 지구 전체에 있는 물의 양은 바다, 하늘, 공기, 인간을 순환하기만 할 뿐 절대로 변하지 않는단다."

"정말요?"

"같은 양의 물이 형태를 바꾸어가며 이 별을 맴돌고 있을 뿐이야. 어떠냐, 굉장하지?"

"네, 정말 굉장해요!"

"에너지도 마찬가지라는 이야기가 있다. 가솔린이나 불꽃도 형태를 바꾸며 같은 양의 에너지가 빙글빙글 지구를 순환하고 있다는 거야."

정원에 물을 주고 있던 아버지가 땀을 닦으며 빙그레 웃음을 머금고 이쪽으로 다가왔다.

"할아버지 말씀은 잘 알아들어야 해. 너무 낭만적이라서 과학적이지는 않아."

"무슨 소리냐. 아비 너는 잘 알지도 못하면서. 정말 그런 이야기가 있다니까."

"물에 관한 건 맞는데요, 에너지는 아니에요. 아, 치카코, 아빠도 수박 좀 줄래?"

아버지는 수박을 한 입 베어 물더니, 할아버지와 다시 옥신각신했다. 치카코는 도무지 알아들을 수 없는 어려운 이야기를 뒤로 하고 비치타월을 두르고는 호스에서 흘러나오는 물을 몸에 뿌렸다.

이 물이 자기 몸을 돌아 빠져나와서 하늘로 올라가고, 다시 비가 되어 지구로 스며드는 것을 상상하자 갑자기 가슴이 두근거렸다.

지금도 그때의 감각을 느끼며 치카코는 물을 마시고 있다.

"화장실 다녀올게."

식사를 마치고 화장실로 갔다. 가서 보니 생리가 시작되었다. 속옷이 약간 빨갛게 물들어 있었다. 혹시나 싶어서 가지고 간 파우치에서 냅킨을 꺼내 팬티에 붙였다.

멍하니 생각에 잠긴다. 4학년 무렵, 츠바키가 초경을 시작해서 배가 아프다는 그녀와 함께 집으로 돌아올 때의 일이다.

츠바키가 우울한 목소리로 중얼거렸다.

"싫어. 엄마한테 말하고 싶지 않아. 팥밥 짓는다고 난리 피울 거야. 아빠가 알게 되는 것도 싫고."

"배 아직 아파?"

"응, 내일 체육 시간에 쉬고 싶은데, 남자아이들이 아는 건 싫고……."

한숨을 쉬는 츠바키의 옆모습을 바라보며 치카코가 말했다.

"큰일이네."

"무슨 소리야. 치카코 너도 금방 할걸."

"뭐?"

남의 일로만 여기고 있었기 때문에 치카코는 소스라치게 놀랐다.

"잘 봐. 치카코 너도 가슴이 제법 많이 나왔잖아. 보면 안다니까. 너도 미리미리 준비하는 게 좋을 거다."

"그런가?"

고개를 갸우뚱거리자 츠바키가 기가 막힌다는 듯 웃었다.

"자기 몸의 변화를 그렇게 몰라? 가슴이 아프다거나 배가 아프거나 하지 않아?"

"전혀, 난 몰랐어."

"조금 더 있으면 스포츠 브래지어를 사러 가야 할걸. 지금은 겨울이니까 괜찮지만 얇은 옷을 입으면 남자아이들이 다 알게 돼."

"그렇구나."

얼떨결에 대답은 했지만 여전히 실감은 나지 않았다. 자기 가슴이 부풀어 오른다는 것을 알았을 때도 찰흙 모양이 바뀌는 정도로 생각될 뿐 그렇게 깊은 의미를 두지 않았다.

치카코는 약간 부풀어 오른 자신의 가슴을 쓰다듬으며 츠바키의 다리 사이로 떨어지는 혈액을 떠올렸다. 그날이 되면 나도 이 세계와 연결될 수 있을지 몰라, 머리 한쪽에 그런 생각을 했다.

"나도 조만간 하겠네."

"이런 건 하지 않는 게 좋아."

치카코가 얼버무리듯 중얼거리자 츠바키도 대수롭지 않다는 듯 대답했다. 하지만 그때, 치카코의 세계에서 그 액체가 흘러내렸을 때, 소꿉놀이 세계와 자신의 육체가 이어지고 이 세계가 진짜가 된 것 같은 느낌이 들었다.

츠바키의 예언대로, 5학년이 된 지 얼마 지나지 않았을 무렵, 치카코에게도 초경이 찾아왔다.

집에 혼자 있던 일요일, 화장실에 갔더니 속옷이 새빨갛게 되어 있었다.

하지만 기대하고 있었던 감각은 느낄 수 없었다.

초경인데도 양이 많아서 새빨간 그것이 연신 흘러나왔다. 그 현상을 지켜보며 느낄 수 있었던 것이라고는 '스며 나온다'는 감각이었다. 자신으로부터 천천히 액체가 스며 나온다는 감각만큼은 알아차릴 수 있었다.

다리 사이로 생리대에 스며든 혈액을 물끄러미 바라보고 있자니, 그것은 피라기보다 진흙에 가까운 색이었다. 자기 안에서 나온 붉은색의 진흙물을 보면서, 치카코는 인간이 아닌 물체로서의 감각을 강하게 느끼고 있었다.

육체 감각이 아니라 물체 감각이라고 해야 할까. 자기 속에서 스며 나온 진흙물. 이 물도 이 보드라운 솜에 스며들어서 쓰레기가 되고 불타서 증발을 하고, 이 별을 맴도는 물에 불과하다. 치카코는 물이 스며든 별의 한 조각이었다. 그 감각이 더욱더 실감나게 다가올 뿐이었다.

생리대를 대고 침대에 누워서 자기 안에서 액체가 스며 나오고 있다는 것을 느끼고 있었다. 그것은 여자로서의 생생한 감각은 아니었고 바위가 되어 암반수를 뿜어내는 것에 가까운 감각이었다.

우주를 올려다보며 '츠바키와 나는 왜 이렇게 다를까'하고 생각했다. 츠바키는 여자라는 환상의 세계와 육체가 이어져 있고, 자신은 환상 밖으로 밀려나 별의 한 조각이 되어 지구와 이어져버렸다. 똑같은 육체를 가지고 있을 텐데 왜 연결되어 있는 곳이 다른 거지. 치카코의 물체 감각은 온화해서 츠바키의 생생한 무게감과는 거리가 멀었다.

"치카코, 배 아파?"

밖에서 친구 목소리가 들려오자 다시 현실로 돌아온 치카코가 서둘러 문을 열었다.

"벌써 쉬는 시간 끝났어. 괜찮아?"

"괜찮아, 괜찮아. 생리를 시작해서."

"어머, 그래? 나 생리대 있는데."

"응. 나도 가지고 와서 괜찮아."

"치카코는 첫날 많이 나오는 편이야? 큰일이다, 이런 날씨에 생리라니."

친구가 말하는 '생리'의 의미가 감각적으로는 이해가 가지 않았지만, 치카코는 애매하게 웃으며 '그러게 말이야' 하고 고개를 끄덕였다.

"힘들겠다. 어서 가자, 치카코."

허겁지겁 화장실을 나서는 순간, 너무 격하게 움직인 탓인지 자궁이라는 자기 안의 둥근 공간에서 찔끔 액체가 스며 나왔다. 질척거리는 붉은 액체를 생각하며, 치카코는 조금도 통증이 느껴지지 않는 아랫배를 쓰다듬으면서 바쁜 걸음으로 친구의 뒤를 따랐다.

독서실에서 공부를 하고 있던 치카코는 좀 쉬어야겠다는 생각에 마사지 의자로 갔다. 맨발로 사용해야 하기 때문에 비위생적이라고 생각하는지, 여자들은 거의 사용하지 않는다. 하지만 치카코는 그런 점을 전혀 개의치 않았기 때문에 가끔씩 사용했다.

치카코는 옆에 있는 의자에 앉아서 잡지를 보며 순서를 기다렸다. 기계음이 멈추고 앞서 사용하고 있던 남자가 일어섰다. 공공장소에서 마치 자기 집에 있는 마사지 의자를 사용하듯 여유를 부리는 모습이 얄미워서 치카코는 남자를 힐끔 쳐다보았다. 이곳에는 자격증 시험이나 대학입시에서 고배를 마신 사람들이 많았다.

남자는 치카코와 비슷한 또래로, 윤기라곤 찾아볼 수 없는 짙은 검은색 머리카락에 그나마 경쾌함이 느껴지는 정돈된 헤어스타일을 하고 있었다. 앞머리와 뒷머리는 에어컨 바람에 너풀너풀 날리고 있었다. 하늘색 셔츠에 감색 넥타이를 매고 단정히 벨트를 조인 검정 바지를 입고 있었다. 이 무더운 여름에 왜 저리도 격식을 차린 옷차림을 하고 있는 걸까 생각해보니, 저것이 샐러리맨의 전형적인 복장이었다.

남자가 자리를 뜨고 치카코가 마사지 의자에 앉아서 커튼을 닫았다. 사내가 남기고 간 열기로 의자는 아직 뜨끈하다. 온몸으로 따뜻한 온기가 전해지자 졸음이 쏟아진다. 문득 어디선가 은은한 차 내음이 번져와 커튼 사이로 내다보았더니, 아까 그 사내가 플라스틱 탁자에 기대서 뜨거운 김이 피어오르는 찻잔에 차를 마시고 있었다.

문 밖 화장실 쪽에 자그마한 탕비실이 있는데, 거기에 전자레인지와 냉장고가 있어서 자유롭게 사용할 수 있다. 자판기도 설치되어 있어서 한 달에 300엔만 내면 마음껏 이용할 수 있다. 치카코도 그 자판기를 이용하고 있었는데, 남자가 마시고 있는 차는 향이 달랐다. 대부분 머그잔을 사용하는데 반해 찻잔으로 차를 마시는 것도 보기 드문 모습이었다. 그는 센베이를 먹으면서 한가롭게 책을 읽고 있었다.

'참 인간답게 사는 사람이네' 치카코는 계속 그를 지켜보고 있었다. 그때 무릎에 올려두었던 휴대전화의 진동이 울렸다. 츠바키였다.

옥상으로 올라가자 츠바키와 리호가 앉아서 저녁 식사를 하고 있었다. 치카코도 두 사람 옆에 앉으면서 비닐봉지를 꺼냈다.

"오늘은 딸기를 좀 가져왔는데, 먹어볼래?"

"네."

고개를 끄덕이는 리호는 땀범벅이 되어 있었다. 이 더운 날씨에 왜 저렇게 두꺼운 옷을 입고 있는 걸까. 리호의 뺨에 흐르는 땀방울을 쳐다보았다. 그 물이 언젠가 비가 되어 다시 자신에게 떨어지는 걸 상상하면서 도시락을 떠서 입으로 가져갔다. 옆에서는 츠바키가 아까부터 무언가를 골똘히 생각하며 연분홍색 매니큐어를 칠한 손톱을 다듬고 있었다.

"왜 그래?"

츠바키에게 말을 거는 순간, 천천히 손톱에서 시선을 떼고 작은 소리로 말했다.

"리호 씨, 혹시 우리가 남자로 대해주어야 하는 거야?"

츠바키의 질문에 치카코는 깜짝 놀랐다. 그러고 보니 여자인 리호가 남장을 하고 있다는 것은 알고 있었지만, 그런 생각까지는 해 본 적이 없었다.

잠시 말문이 막혔던 리호가 조심스레 입을 열었다.

“그게…… 아직 저도 잘 모르겠어요.”

치카코는 당연히 그렇겠다는 생각이 들어서 자기도 모르게 소리 내어 웃었다.

“치카코는 늘 저렇게 태평이니까.”

샐러드를 먹으면서 츠바키는 약간 화가 나 있는 것처럼 말했다. 츠바키와 리호가 왜 저렇게 심각해 보이는지 치카코는 도무지 이해가 가지 않았다.

치카코에게는 가끔 이런 일이 벌어진다.

모두가 심각하게 고민하고 있는데, 축구를 하고 있는 사내아이가 ‘공을 손으로 만지고 싶어’라고 말하면서 울음을 터뜨리는 것을 보고 있는 듯한 이상한 감각.

치카코는 언제라도 사내아이가 축구를 멈추고 공을 두 손으로 잡을 수 있을 것처럼 보인다. 하지만 사내아이는 계속 울고만 있다.

치카코는 그것을 도저히 이해할 수가 없다. 그래서 거리를 두고 울고 있는 사내아이를 지켜보고 있을 수밖에 없다.

‘치카코는 마음이 넓은 것 같으면서도 가끔 냉정할 때가 있어'라는 말을 듣기도 한다. 그렇게 지적을 받으면, 자기가 정말 이상한지도 모른다는 생각에 잠기기도 한다.

언제까지고 끝나지 않는 소꿉놀이 세계는 치카코에게는 눈부시고 즐겁게 보이지만 막상 이 세계에 살고 있는 사람들은 그 나름의 고충이 있는 모양이다. 하지만 그 고통조차 치카코에게는 게임의 재미로 여겨졌다.

그런 말을 하면 또 '정말 냉정한 인간'이라는 지적을 받을지도 모를 만큼 리호는 구석에 몰리고 있는 모양새였다.

진동이 울리는 휴대전화를 들고 담벼락 쪽으로 가서 통화를 하던 리호가 "저, 저는 이만 가볼게요" 하고 머리를 숙이더니 옥상을 내려갔다.

"잘 모르겠다는 말은, 그러니까, 자기가 남자가 아니라는 말이겠지."

갑자기 츠바키가 혼잣말로 중얼거렸다.

"뭐라고?"

"여자로 사는 게 힘들어서 혹시 자신은 남자가 아닐까 생각했지만 결국 아니었다, 그것뿐인 것 같아."

츠바키는 한숨 섞인 목소리로 말을 내뱉고는 봉지 안에 들어 있는 딸기를 집어 들었다.

"한 개 먹어도 되지?"

"응."

츠바키의 이가 딸기를 베어 물자 연한 주홍색 액체가 콘크리트 위로 두세 방울 떨어졌다.

"츠바키의 피 같아."

치카코는 들릴락 말락 한 목소리로 중얼거렸다.

"뭐? 잘 못 들었어."

"아니야. 정말 달다, 딸기."

츠바키의 육체에서 흘러 떨어진 장난감 보석 같은 투명한 액체는 콘크리트 위에 검게 스며들어 자신을 올려다보고 있었다.

츠바키는 어릴 때부터 이목구비가 또렷하고 예뻤다.

멋도 일찌감치 내기 시작했다. 5학년이 되었을 무렵, 치카코는 츠바키의 손에 이끌려 전철을 타고 쇼핑을 다니기도 했다.

츠바키가 보여주는 세상이 치카코는 정말 좋았다.

외국 문화를 두리번두리번 둘러보면서 흉내를 내는 사람처럼 치카코도 츠바키의 세계를 즐기고 가끔은 흉내를 내보기도 했다. 난생처음 해 보는 게임의 룰을 배우고 있는 느낌이랄까.

중학교에 올라가고 얼마 되지 않아 츠바키는 축구부 선배의 호출을 받았다. 점심시간이 끝나기도 전에 그 소문은 학교 전체에 퍼졌고, 같은 반이었던 치카코는 츠바키와 함께 하교를 하면서 아무 생각 없이 그 일을 물었다.

"츠바키가 축구부 선배랑 만났다고 모두들 그러던데. 무슨 이야기 한 거야?"

"고백 받았어."

츠바키의 대답에 치카코는 눈이 휘둥그레졌다.

"멋지다. 드라마 같아."

"그래? 하지만 나는 모르는 사람이라서 조금 당황스러워."

다음 날에는 여자 선배가 츠바키를 불렀다.

잠시 후 츠바키는 교복이 찢기고 머리가 엉망진창이 된 채 교실로 돌아왔다. 반 여자아이들이 츠바키를 에워쌌다.

"무슨 일이야, 세리자와?"

"괜찮니?"

"세리자와 너무 불쌍해!"

"양호실 갈래?"

여자아이들은 입을 모아 츠바키를 걱정했다.

"잘난 척하니까 그렇지."

웅성거리는 와중에 누군가 그렇게 말하는 소리가 들렸다. 치카코는 깜짝 놀라서 고개를 들었다. 하지만 걱정스러운 표정으로 연신 수다를 떠는 여자아이들의 얼굴만 보일 뿐, 누가 그 말을 했는지 알 수는 없었다.

둘이 함께 집으로 돌아오면서 옆에 걷는 츠바키의 가느다란 종아리에 약간 베인 상처가 있었다. 새하얀 피부에 붉은 상처가 너무 아파보였다. 종아리에 쓸려 올라간 스커트의 찢어진 끝단이 바람에 나부꼈다.

"츠바키, 예쁘지 않았으면 좋았을걸."

혼잣말로 중얼거렸다.

"그런 게 아니야."

치카코는 얼굴을 들어 츠바키의 옆모습을 바라보았다.

"이건 비밀인데, 나 좋아하는 사람 있어. 그러니까 괜찮아. 예뻐서 다행이지. 그래서 그 아이가 나를 좋아하게 된 거니까."

아무 동요도 없이 츠바키는 앞을 바라보며 말했다.

갑자기 멍해져서 치카코는 웃음을 터뜨렸다. 바람이 불고 츠바키의 검은 머리카락이 가는 목과 귀를 휘감았다. 그 모습이 너무 아름다워서, 츠바키의 육체가 언젠가 할아버지처럼 별 속으로 빨려 들어가버린다면 얼마나 아까울까, 치카코는 그런 생각이 들었다.

독서실로 들어가기 전에 탕비실 냉장고 위에 올려놓았던 머그잔을 찾으러 갔는데 마사지 의자를 사용하던 검은 머릿결의 남자가 음료대를 사용하고 있었다.

또 차를 마시고 있나 해서 물끄러미 보고 있는데 아주 자연스럽게 말을 걸어왔다.

"마실래요?"

월 300엔짜리 자판기에서 나오는 연한 녹차를 마시려던 치카코는 주저 없이 자기 머그잔을 내밀었다.

"그게 훨씬 맛있을 것 같기는 하네요. 이 차는 너무 연해서."

"그렇죠. 한번 맛을 보면 확실히 이 차의 향이 다르다는 것을 알 겁니다."

남자는 빙그레 웃으며 샤갈 그림이 그려진 치카코의 머그잔에 금방 끓인 차를 부어주었다.

"고맙습니다."

함께 휴게실로 돌아와 의자에 나란히 앉아서 차를 마시기 시작했다. 구수한 차의 향이 피어올랐다.

그 향을 음미하면서 옆에 앉은 남자를 쳐다보았다. 키는 그렇게 크지 않아서 단신인 치카코의 눈높이에서 보드라운 뺨이 한눈에 들어왔다. 손발의 움직임도 여유롭고 손가락도 조용히 움직였다.

"왜 그러시죠?"

옅은 미소를 띤 남자가 치카코를 보고 있었다.

"아니에요. 차 정말 맛있네요."

남자의 표정 변화 역시 그의 동작처럼 온화하고 부드러웠다. 미소를 지을 때도 입술과 뺨이 미세하게 변하면서 미소로 번졌다. 아름다운 그러데이션을 보고 있는 듯한 느낌에 치카코는 눈길을 빼앗겨버렸다.

치카코의 대답에 고개를 끄덕이던 남자는 다시 천천히 검은 눈을 움직여 시선을 손끝으로 가져갔다. 갈색이 조금 섞인 검은 눈동자는 치카코처럼 호기심으로 번뜩이며 바삐 돌아가는 것이 아니라 달빛처럼 고요히 눈 속에 머물며 찻잔을 들여다보고 있었다. 이따금씩 그 시선을 차단하는 속눈썹이 흩날리는 듯 우아한 깜빡임은 억새풀 날리는 평원을 떠올리게 했다. 남자의 속눈썹은 너무도 정중하게 세계를 어루만지고 있었다.

휴게실 옆의 식탁 위에는 사탕과 과자가 놓인 작은 접시가 있어서 독서실 회원 누구나 먹을 수 있다. 치카코는 손을 뻗어서 아스파라거스라는 오래전 이름의 비스킷을 한 개 집어 입에 넣었다.

그 외에도 미니 팥 도넛과 삼각 딸기밀크 사탕 등 아련한 추억을 불러일으키는 과자가 여러 개 있었다.

남자는 어디서 찾았는지 맛있어 보이는 센베이를 먹고 있었다.

"제가 좀 늙은이 같죠? 종종 그런 소리를 듣습니다."

"저는 좋은데요, 이런 거."

남자의 손끝을 보면서 말했다. 공유하고 있는 환상의 세계 하나하나를 이렇게 정중하게 음미하는 사람은 처음 보았다. 치카코에게는 환상으로만 여겨지는 세계가 그 남자 안에 분명하게 존재하고 있음을 느낄 수 있었다.

"한 개 먹어봐요."

남자는 센베이를 내밀었다.

"고마워요."

직접 맛을 보니 굵은 설탕이 묻어 있어서 달았다.

"맛있네요. 전에도 드시는 차 향이 참 좋다는 생각을 했는데. 어느 방에 계시는 거예요?"

컴퓨터가 가능한 방과 불가능한 방을 교대로 가리키며 묻자 왼쪽 문을 가리켰다.

"이쪽입니다. 컴퓨터로 일을 해야 해서."

"그렇군요. 저는 컴퓨터 사용 불가 쪽이에요. 휴대전화 버튼 누르는 소리도 나면 안 된다고 해서 방을 바꿀까 생각 중이었어요."

"확실히 여기 독서실의 규칙이 조금 엄격한 것 같기는 합니다."

"네, 맞아요. 비닐봉지 소리, 발소리, 심지어 노트 넘기는 소리도 조심하라는 주의사항들이 여기저기 붙어 있다니까요."

"하긴 그러니까 이렇게 조용할 수 있는 거겠죠. 그런데 너무 조용해도 피곤할 때가 있던데."

남자는 살포시 웃어 보이며 자리에서 일어났다.

"그럼 저는 이만 들어가보겠습니다."

"아, 네. 정말 맛있게 잘 먹었어요. 나중에 뵐 기회가 있으면 제가 과자를 가져와서 대접할게요. 실례지만 성함이?"

"이세자키라고 합니다."

"저는 히라오카 치카코예요. 다음에 또 맛있는 과자 부탁해요."

웃으며 말을 건네자 이세자키도 눈꼬리를 살짝 올리며 미소 지었다.

오늘은 츠바키도 리호도 독서실에 오지 않았다. 혼자 식사를 하고 여느 때처럼 마지막으로 전기를 끄고 어두워진 빌딩을 나왔다.

츠바키는 이렇게 치카코가 매일 밤늦은 시간에 혼자 귀가하는 것이 걱정스러웠기 때문에 역까지 택시를 타라고 주의를 주었다. 하지만 그럴 만한 돈이 없는 치카코는 매일 밤 걸어서 역으로 갔다.

츠바키는 늦은 시간이면 무조건 택시를 타는 것 같았다. 전철도 만원 시간대를 피해서 조금 일찍 출근을 했다.

츠바키가 이렇게까지 조심스러워하게 된 것은 고등학교에 올라가기 조금 전부터였는지 모른다. 중학교 3학년 겨울, 집으로 가는 스쿨버스 안에서 학원 선생님이 가슴을 만지는 일이 벌어지고 말았다. 그 학원은 중년의 남자 선생이 혼자

운영하는 작은 교습실로, 왜건처럼 생긴 스쿨버스도 본인이 직접 운전을 했다. 버스에서 내린 츠바키가 치카코의 집을 찾아와서 담담하게 그 이야기를 했다.

"조심하지 않은 나도 잘못이지. 내가 마지막으로 내리거든. 버스 안에 둘만 남으니까 전화번호도 알려주고 일부러 앞자리로 부르기도 하고, 조금 이상하기는 했어. 설마 선생님인데, 하고 방심을 한 거지. 앞으로는 절대로 그런 일 없도록 정신 바짝 차려야겠어."

"그랬구나. 그 선생, 곰처럼 생겨서 유난히 친절하다 싶더니."

"그 인간 이야기는 이제 그만하자. 전부터 힘들기는 했어. 오늘 합격 통지를 받아서 이젠 여기 오지 않아도 된다고 마음 놓고 있었는데 갑자기 버스에서 내리는 나를 끌어당기더니 키스를 하는 거야. 혀로 이를 핥고 가슴도 살짝 만졌어. 죽을힘을 다해서 도망쳐 오기는 했는데, 아직도 그 인간 흔적이 남아 있는 것 같아."

"기가 막혀……."

츠바키의 표정에서 그것이 얼마나 무섭고 고통스러운 일이었는지 이해할 수 있었다. 하지만 피부로 절실하게 느끼지 못한 채 조금은 형식적으로 맞장구를 치는 것이 고작이었다.

츠바키는 작은 소리로 말했다.

"입시 시험도 끝났고, 학원에는 절대로 안 갈 거야. 내 몸은 내가 지켜야지."

"츠바키, 손을 떨고 있네. 추워? 차라도 좀 마실래?"

"아니, 괜찮아. 그보다 양치 좀 해도 될까?"

"그래, 욕실로 가. 칫솔 줄까? 치약은 어떤 걸 좋아해?"

줄곧 심각해 있던 츠바키가 그제야 고개를 들더니 작은 미소를 띠었다.

"역시 치카코다운 반응이다."

"어? 뭐가?"

"다른 아이들 같았으면 난리가 났을 텐데. 부모님한테 이런 이야기했으면 성추행이니 성희롱이니 난리가 났을 거야. 시끄러워지는 거 싫어서 치카코 너한테 온 거야."

항상 심각한 이야기를 하다 보면 냉정해진다는 이야기를 듣던 치카코로서는 자기 혼자 소꿉놀이에서 깨어나 있는 것이 이렇게 도움이 될 때도 있구나 하고 생각했다.

그날 이후 츠바키는 경계심이 강해졌지만 서로 다른 고등학교에 들어가는 바람에 잠시 만나지 못하는 사이, 다시 예전의 수다스럽고 늘 행복한 츠바키로 돌아와 있었다.

"처음으로 애인이 생겼어. 서클 선배."

"그래? 잘됐네."

치카코는 진심으로 그렇게 생각했다.

치카코는 게임을 워낙 좋아해서 규칙을 기억하고 이런저런 시도를 하는 것을 즐겼고, 규칙을 지키는 자체를 정말 즐거워했다.

그런데 연애라는 게임에는 유독 약했다. 육체의 반응이 필요하기 때문이다. 규칙이나 원리를 기억하고 보드 위에서 놀기만 하면 되는 그런 게임이 아니다.

그 이후로도 치카코와 츠바키는 여름방학처럼 긴 휴가를 얻으면 연락을 주고받으며 함께 놀았다.

오랜만에 만날 때마다 츠바키는 부쩍 예뻐져 있었다.

대학생이 되고 처음 만났을 때, 츠바키는 놀라우리만치 아름다운 여인이 되어 있었지만 선배와 헤어졌다고 말하는 표정은 어두웠다.

"치카코는 아직 애인 없어?"

"응. 있던 적도 없어."

고개를 끄덕이자 츠바키는 치카코를 물끄러미 바라보며

작게 중얼거렸다.

"치카코는 자유로워 보여. 연애 같은 거에 얽매일 것 같지 않아. 부럽다."

자유롭다는 말은 정말 맞는지도 모른다. 게임판의 규칙에서도 인간이라는 사실에서도 분리되어 별의 한 조각으로 돌아가 있으니, 해방되었다는 표현이 정확할지도 모른다. 하지만 언제까지나 이 세계에 있을 수 있는 츠바키가 훨씬 부러운 것도 사실이었다.

애인은 처음부터 없었다고 했지만, 고등학교 때 잠깐 만났던 남자가 있기는 했다. 위원회에서 함께 일했던 사람으로, 이름은 사와구치. 회의를 마치고 집이 같은 방향이라서 함께 오다 보니 친해지게 되었고, 일요일이면 영화를 보러 가기도 했다.

사와구치가 사귀자는 말을 했을 때, 치카코는 "응" 하고 고개를 끄덕였다. 마치 파이팅을 외치는 아이처럼 열정적으로 고개를 끄덕이는 치카코가 오히려 당황스러웠던 그는, "사귄다는 건 서로 애인이 되는 거야" 하고 설명했다.

"응. 알았어."

"정말? 나를 애인으로 인정하는 거야?"

"응."

조금의 부끄러움이나 망설임도 없이 연신 고개를 끄덕이는 치카코를 약간 이해가 가지 않는 표정으로 바라보던 사와구치는, "그래. 하지만 뭐, 나야 기쁜 일이지" 하고 머뭇거리듯 말하면서 머리를 긁적였다.

그날부터 치카코는 매일 사와구치와 함께 귀가를 하게 되었다.

석 달쯤 지났을 무렵, 사와구치의 방에서 TV 게임을 하고 있던 치카코를 사와구치가 갑자기 뒤에서 와락 끌어안았다.

"컵, 위험해."

옆에 있던 쟁반의 보리차 컵이 넘어지지 않도록 사와구치의 팔을 잡으면서 뒤를 돌아보는 순간, 이미 그의 얼굴이 코앞에 와 닿아 있었다.

치카코는 그저 잠자코 있었다. 사와구치와 키스는 이미 여러 번 했다. 순정만화나 영화를 보면서 이것이 연인끼리의 의식이라는 것은 알고 있었지만, 이론으로만 알고 있을 뿐 육체가 따라주지 않았다.

입술을 떼자 사와구치는 얼굴이 빨개지면서 치카코를 격

하게 품어 안았다.

"더 가도 돼?"

"더? 어디를?"

섹스를 말한다는 것은 알고 있었지만, 치카코는 순간 뜬금없이 사와구치와 산책을 하는 길 건너편에 바다가 펼쳐져 있고, 그곳을 손잡고 걷고 있는 광경이 떠올랐다.

"좋은 곳이야?"

"모르겠어. 치카코는 조금 괴로울지도 몰라. 여자는 아프다고……."

"그래. 가보자."

치카코가 웃어 보이자 사와구치는 갑자기 몸을 떨면서 긴장이 역력한 얼굴빛이 되었다. 그리고 진지한 표정으로 치카코의 육체를 천천히 쓰러뜨렸다.

"너무 힘들거나 하면 얼른 말해. 정말 이건 엄청난 일이라는 거 알고 있으니까. 나, 조바심 내지 않고 치카코가 괜찮아질 때까지 기다릴 수 있으니까."

너무나 진지하고 애절한 표정의 사와구치를 보면서 '그런가. 이게 그렇게 힘들고 큰일인가' 생각했다.

나름 섹스에 대한 지식은 있었으므로 얼마든지 할 수 있을 것 같았다. 본능이 따르지 않아도 규칙을 알면 게임은 가능하다.

그러나 오래지 않아 그건 틀렸다는 것을 알았다. 이 의식에서는 본능이 규칙이고, 그것이 발동하지 않는 한 무엇을 어떻게 해야 좋을지 종잡을 수가 없었다.

상대의 입술을 보고도 그것을 핥아야 좋은지, 어루만져야 좋은지, 어떻게 해야 하는지 알 수가 없었다. 사와구치는 서서히 자신의 육체 감각 안으로 빠져 들어가서 이미 그곳을 헤엄치고 있는 것 같았다. 치카코는 그런 그를 아름답다고 생각하면서 물끄러미 바라보았다.

사와구치에게서는 다양한 물이 넘쳐흐른다. 타액도 그렇고, 땀도 그렇고, 자세히 보니 눈도 촉촉이 젖어 있다. 그 물은 언젠가 별을 맴돌아 나에게 흘러들어 오리라. '얼마든지 자연스럽게 이어질 수 있는데, 왜 그토록 죽을힘을 다해 삽입을 해가며 이어지려고 하는 것일까' 하는 생각을 잠시 했다.

마지막으로 나오는 그 새하얀 액체는 사와구치에게 무척 중요한 것처럼 보였다. 치카코의 몸에 닿자 마구 쏘아대더니, 그 액체를 입에 머금자 너무도 기뻐한다. 치카코에게는 페트병의 물과 다를 바 없는, 그저 별 세상을 맴도는 물들

중 하나로밖에 보이지 않았다.

얼마 후 사와구치와는 헤어졌다. 마치 규칙을 모른 채 포커를 치는 것 같은 위화감이 섹스를 할 때마다 줄곧 치카코를 힘들게 했다. 사와구치의 능수능란한 손놀림과 사정을 위해 일직선으로 달려오는 모습을 언제나 멍하니 바라보고 있기만 했다.

사와구치는 콘돔을 빼버리고 페니스를 티슈로 닦으며 자꾸만 물었다.

"정말 나를 좋아해?"

"응."

치카코는 끄덕이며, 사와구치가 어느 날 손을 이끌고 데려가려고 한 장소에 자신은 갈 수 없음을 조용히 생각하고 있었다.

그와 이별한 것은 제법 쌀쌀해지기 시작하던 초가을의 공원이었다.

"데려다줄게. 마지막으로."

사와구치의 말에 치카코는 고개를 가로저었다.

"좀 더 있고 싶어."

"그럴래?"

사와구치는 내밀었던 손을 멋쩍은 듯 쓴웃음과 함께 주머니에 찔러 넣고, "그럼…… 잘 가" 하고 작게 속삭이며 공원을 떠났다.

'섹스는 삽입을 해야 좋은 건 아닌 것 같아' 치카코는 생각했다. 사와구치는 삽입을 했는데도 섹스를 할 수 없었다. 그래서 늘 불안해했고 결국 떠나버리고 말았다.

치카코는 미끄럼틀에 올라가서 드러누웠다. 어둠과 별과 마주했다. 위와 아래가 없어지고, 자신은 그냥 우주에 떠 있다는 것을 떠올렸다.

공원에는 아무도 없었다. 자신의 육체와 땅과의 경계선도 점점 사라져간다.

'어떻게 나는 이리도 빨리 이 별에 녹아들었을까. 성적 쾌락을 느낄 수 있었다면 윤곽이 확실했을까.' 사와구치의 페니스와는 잘 맞지 않았지만, 자기 손으로 쾌락을 만들어낼 수는 있었을지도 모른다는 생각이 문득 들었다.

스커트 속의, 텅 비어 있는 보드라운 구멍으로 손을 밀어 넣어 보았다. 그곳은 물웅덩이 같았다. 자신이 생각보다 땅에 가까운 감촉을 가지고 있다는 사실에 오싹했다.

초등학생 때, 비가 갠 학교 운동장에서 소금쟁이를 잡은 적이 있다. 그때의 감촉과 똑같았다.

자신의 육체가 아닌, 무언가 훨씬 큰 것을 휘젓고 있는 감촉이었다. 신기할 만치의 액체가 배어 나오고 있었다. 치카코는 자기 안에 물웅덩이가 생긴 거라고 생각했다. 이 액체도 사와구치의 눈꺼풀 아래, 학교 운동장의 흙탕물, 하늘의 수증기, 바다 소금물, 여기저기를 돌고 돌아온 물일 것이다. 그것이 지금 치카코 속을 통과하려고 하는 것이리라.

자신은 인간이기 이전에 이 별의 한 조각이라는 감각이 훨씬 강한 것뿐이라고 생각했다. 육체의 구석구석에 자신은 별이라는 감촉이 뻗쳐 있었다.

흙탕물을 계속 휘젓고 있는 치카코에게서 점점 투명한 물이 흘러나오고, 자기가 정말로 진흙 속에 생긴 물웅덩이 같다는 느낌이 들 즈음 문득 열기가 사라지면서 액체가 멎었다.

그때 치카코는 이것이 바로 섹스가 아닐까 생각했다. 물웅덩이가 되어 하늘을 올려다보았다. 머리카락을 휘감아 올린 손가락은 비에 젖은 것처럼 시원스런 물이 되어 빛나고 있었다.

리호. 2

리호는 어두침침한 방 안에서 티셔츠와 사각팬티 차림으로 있었다.

방 안에 널려 있는 인쇄용지를 부모님에게 들키지 않으려고 침대 밑으로 꾸겨 넣은 지 일주일도 넘었다.

종이와 함께, 검은색 톱이 들어 있는 종이봉투도 침대 밑에서 먼지를 뒤집어쓰고 있었다. 거울에는 검은 천을 씌워 두었다. 더 이상 아무것도 보고 싶지 않았다.

오늘은 아르바이트가 없는 날이다. 아침부터 얕은 잠을 반복하면서 눈이 말똥말똥해졌다.

여러 번 도무지 뜻을 알 수 없는 야한 꿈을 꾼 것 같다. 침대에 누워 있기가 고통스러워서 벌떡 일어났다. 아침부터 아무것도 먹지 않고 뒹굴고 있는 사이에 밖은 벌써 옅은 어둠이 내려 있었다. 그런데도 여전히 식욕은 없고, 오히려 토할 것 같은 기분을 억누르며 문을 열고 거실로 나왔다.

"리호가 드디어 일어났네. 쉬는 날이라고 하루 종일 잠만 자고. 정말 속 편한 아이라니까."

저녁 준비를 하고 있던 엄마가 웃으며 장난기 섞인 말을 하자 남동생도 따라 웃었다. 리호는 반사적으로 목소리를 낮게 깔았다.

"쉬는 날 아니거든. 지금부터 아르바이트 가야 해. 나 바쁜 사람이라고."

"어머, 그래? 밥 먹을래? 저녁 다 됐는데."

"괜찮아."

토해버리듯 대답을 하고, 리호는 지갑과 휴대전화만 주머니에 찔러 넣은 채 집을 나왔다.

아무 생각 없이 자전거 페달을 밟다 보니 어느 새 독서실 앞까지 와버렸다. 여기라면 몇 시간이고 시간을 보낼 수 있지만, 오늘은 가슴을 눌러줄 톱도, 가발도 없었다. 설령 있다고 해도 메이와의 키스로 좌절을 맛본 자신에게 더 이상

2차 성징의 검증은 아무 의미가 없는 것 같다는 생각이 들었다.

결국 남자는 될 수 없었다. 리호는 여자다. 여자인 채로 여자와 섹스를 할 수 있는 성질도 아니었다. 그 사실을 어떻게 받아들여야 할지 도무지 알 수가 없었다.

자전거 속도를 늦추고 어슬렁거리고 있는데, 독서실 옆에 있는 식당에서 물을 마시고 있는 츠바키가 보였다.

순간 페달을 전력으로 밟아 그 자리를 피하려고 했지만, 시선을 느낀 츠바키가 먼저 이쪽을 보았다. 인사만 하고 가려고 하자 츠바키가 들어오라는 손짓을 했다. 하는 수 없이 자전거를 세우고 가게 안으로 들어갔다.

"오늘은 독서실 안 가?"

"……네."

"난 가기 전에 밥 먹으러 왔지. 같이 먹을래?"

"네, 조금만."

"무슨 일 있어?"

"아뇨. 그런 건 아닌데."

리호는 식당의 지나치게 밝은 조명이 부담스러워서 얼굴을 숙인 채 메뉴판을 열었다.

"나는 주문했어. 뭐 먹을래? 오늘은 내가 살게."

"아니에요. 제 밥값은 제가 낼게요."

리호는 낮은 음성으로 말하고 손을 들어 점원을 불렀다.

"벌써 정했어?"

고개를 들고 물어 오는 츠바키 옆에서 리호는 작은 소리로 주문을 했다.

"생맥주 한 잔."

"맥주?"

눈이 동그래진 츠바키에게 리호는 고개를 끄덕이며, 짧게 대답했다.

"배는 별로 안 고파서요."

"그런데 리호, 미성년자 아니었어?"

"……."

"괜찮아. 그럼 나도 한잔할까."

식사와 맥주를 들고 온 점원에게 츠바키가 말했다.

"죄송하지만 맥주 한 잔 더 주세요."

"공부하셔야 되는데 괜찮겠어요?"

"한 잔 정도는 괜찮아."

두 사람은 츠바키가 시킨 퓨전 햄버거를 조금씩 먹으며

대화도 없이 맥주만 마시고 있었다. 고개를 숙이고 있는 리호와 정상적인 대화는 불가능하다고 느꼈는지, 츠바키도 묵묵히 맥주를 입 안에 흘려 넣고 있었다.

리호가 손을 들어 세 잔째 맥주를 시켰다.

"식당에서 이렇게 술을 마시는 사람이 있구나. 그러면 나도 한 잔 더."

츠바키가 질린 얼굴로 말했다.

"같은 걸로 주세요."

"츠바키 씨도 꽤 많이 마시네요."

"어른들이야 맥주 세 잔쯤은 아무것도 아니지."

"저도 이 정도는 아무렇지도 않아요. 전혀 취하질 않는데요. 특히 요즘은."

점원이 가져다준 맥주잔을 들어 올린 리호에게 츠바키가 어깨를 들썩이며 말했다.

"그럴 때는 한 번도 마셔본 적 없는 술을 마시는 게 좋아. 금방 취하거든."

"정말요?"

"평소에 무슨 술을 마셔?"

"맥주랑 소주 그리고 마지막에는 츄하이도 마시고요."

“그럼 잘 안 마시는 술을 사러 가보자.”

어느 틈에 아까 주문한 맥주잔까지 비운 츠바키가 갑자기 일어섰다.

“네?”

“나도 요즘 통 취하지를 않네. 다른 술 좀 사러 가보자.”

당황해서 반 정도 남은 맥주를 단번에 들이켜고, 이미 계산을 마치고 나서는 츠바키의 뒤를 쫓았다.

가게를 나서니 밖에는 비가 내리고 있었다. 리호가 자전거를 끌고 츠바키를 따라가자, 츠바키가 접이식 우산을 씌워주었다.

“아, 감사합니다. 저…… 술값 반은 제가 낼게요. 얼마 나왔어요?”

“됐어. 그보다 이 근처에 술 파는 곳이 있을까?”

“글쎄요. 편의점에 없을까요?”

“흔한 술 말고, 평소에 잘 안 마시는 술을 사야 해.”

“그럼, 돈키호테 같은 거요?”

“너는 싼 술만 마시는구나.”

츠바키는 그렇게 말을 하고 나서 역 앞에 있는 할인매장으로 들어가 주류 코너를 둘러보았다.

"마셔본 적 없는 술 있어?"

"음, 저는 위스키는 아직 마셔본 적 없어요. 그리고 오키나와 소주도 마셔본 적 없고. 어? 이건 뭐죠?"

"막걸리."

"이 술도 처음 보네요."

"한국 술이야. 그럼 이것도 사자."

츠바키가 말을 툭 던졌다.

"이런 술은 다 알고 있는 거야."

"아, 그래요. 그럼 이것도 알아요?"

"뭐야, 이건?"

"요구르트주라고 적혀 있네요. 마셔본 적 있어요?"

"처음 보는 술인데, 맛없어 보인다. 마셔도 전혀 안 취할 것 같아."

츠바키는 약간 얼굴을 찌푸리면서 그것도 장바구니에 집어넣었다.

결국 술값도 모두 츠바키가 계산하고 할인매장을 나왔다. 빗줄기는 더욱 굵어졌다. 자전거 바구니에 짐을 싣고 츠바키의 우산을 함께 쓴 채 걷기 시작했다.

"집까지 택시로 가셔도 되는데."

"아니야. 아까 마신 맥주가 벌써 깼는걸."

리호는 비닐봉지에서 오키나와 소주를 꺼내 입으로 가져갔다.

"뭐 하는 거야. 걸으면서 술을 마시다니. 예의 없는 행동이야."

"하지만 취하고 싶어서요."

츠바키는 한숨을 내쉬었다.

"알았어. 그럼 우선 벤치에라도 앉아서 마시자."

츠바키와 리호는 옷이 젖는 것도 아랑곳하지 않고 옆에 있던 공원 벤치에 앉아서 우산을 쓴 채로 술을 마시기 시작했다. 츠바키의 우산이 워낙 작아서 두 사람의 어깨는 고스란히 빗물에 젖어 들고 있었다.

리호는 처음 먹어보는 오키나와 소주 맛에 얼굴을 찌푸리더니 뚜껑을 연 채로 옆에 내려놓고, 이번에는 막걸리 병을 따서 마시기 시작했다. 이를 지켜보던 츠바키가 갑자기 물었다.

"그래서 2차 성징 찾는 건 어떻게 됐어?"

"아직. 이제 시작이니까요."

"도대체 왜 그런 걸 시작한 거야?"

"저는 섹스가 너무 고통스러워요. 아무리 좋아하는 사람이랑 해도 힘들고 괴롭기만 해요. 그 고통에서 벗어나고 싶어서."

맥이 빠진 표정으로 츠바키가 리호를 바라보았다.

"그것뿐이야? 그런 거라면 굳이 그렇게까지 할 필요가 없잖아. 그러니까 너는 자신이 남자라는 결론을 바라는 거지. 그래서 2차 성징을 다시 찾고 싶은 거고. 하지만 단지 섹스가 괴롭다는 이유 때문이라면 그냥 여자로 있어도 상관없지 않아?"

"……."

츠바키의 말이 맞았다. 리호는 섹스가 고통스러울 뿐, 자신의 육체에 그 정도로 위화감을 가지고 있는 것은 아니었다. 생리를 시작했을 때도 그렇게 불쾌하지 않았고, 가슴이 나오기 시작했을 때도 아무렇지 않았다.

그런데 왜? 의문이 생긴다. 여자인 채로 살면, 격한 거부반응을 감수하면서 좋아하는 사람과의 합의로 이루어질 수밖에 없는 섹스의 소용돌이 속으로 다시 끌려들어 가버린다.

츠바키가 위스키 병뚜껑을 열면서 말을 이었다.

"그리고 가끔은 섹스가 싫고 고통스러울 때가 있어. 여자는 그런 경우가 많아. 대부분의 사람들이 그럴걸. 그런데 너는 그 이유만으로 그런 짓을."

"그것만이 아니에요! 저는 평소에도 여자로서 힘든 일이 많았어요. 여자라는 성이 너무 힘들어요. 성적인 시선을 받고, 얼굴이나 몸매로 가치를 평가받기도 하고, 당연하게 여성스러움을 강요당하고, 그 모든 것들이 숨 막히고 싫어요."

"그러니까 그건 모든 여자들이 그렇다니까. 네가 하고 있는 생각을 다른 여자들도 똑같이 하고 있단 말이야."

"네?"

"초경이 와서 너무 싫다는 초등학교 여자아이의 반항을 열아홉 살이 된 지금도 하는 걸로 밖에 보이지 않아."

리호는 들고 있던 막걸리 병을 꽉 움켜쥐며 고개를 떨어뜨렸다.

그런 리호의 모습에 흥미를 잃은 듯, 츠바키는 우산 속으로 밤하늘을 올려다보았다.

"야외에서 술 마신 적은 많지만 이렇게 비를 맞으면서 마신 적은 처음이네."

츠바키가 우산을 잡은 손을 떼더니 비닐봉지 속의 술병을 더듬어 찾기 시작했다. 리호는 허둥지둥 균형을 잡으며 머리를 옆으로 기울여서 우산을 지탱했다. 우산에 부딪히는 커다란 빗방울 소리가 머리 위에서 크게 울렸다.

어둠 속에서 새하얗게 빛나는 물방울을 리호는 멍하니 쳐다보았다. 나일론 우산 너머로, 빗방울의 감촉이 리호의 정수리를 연신 두들기고 있었다.

비가 그치고 밤하늘에 어슴푸레 별이 보이기 시작할 무렵, 츠바키는 리호의 어깨에 머리를 기대고 잠들어 있었다.

"츠바키 씨, 츠바키 씨."

"……응?"

"여기서 자면 안 돼요."

"……음."

리호는 츠바키의 가방을 들고 어깨를 부축하며 일어섰다. 자전거도, 마시다 만 술도, 그냥 두고 갈 수밖에 없을 것 같았다. 걸음을 비틀거리며 반쯤 잠들어 있는 츠바키를 간신히 부축해서 큰길로 나와, 좀처럼 탈 일이 없는 택시를 잡아서 츠바키를 태웠다.

집 앞에 도착해서 츠바키를 어깨로 지탱하면서 아파트 계단을 올랐다. 소리가 나지 않도록 문을 열고 엄마한테 들키지 않게 조심조심 현관으로 들어섰다. 발소리가 나자 부리나케 구두를 벗겨 손에 들고 츠바키의 어깨를 잡았다. 순간 향수 냄새가 풍겼다.

불빛 없는 거실을 간신히 지나 드디어 자기 방에 다다랐다. 문을 열고 다다미 위에 놓여 있는 침대 위로 츠바키를 눕혔다.

다 큰 어른이, 그것도 여자가, 자기 침대에 벌러덩 누워 있는 모습이란 정말 이상한 광경이었다. 오늘은 연회색 슈트를 입고 있는 탓인지 츠바키는 여느 때보다 훨씬 '성인 여자'처럼 보였다. 여자라는 역할을 제대로 감당하고 있는 사람이라는 생각이 들었다.

옷에 주름이 가면 곤란할 것 같아 리호는 츠바키의 몸을 일으켜서 상의를 벗겼다. 얼마 전까지 동성이 자신의 성적 대상이 아닐까 생각했던 기억이 머리를 스쳐 갔지만, 자포자기 심정으로 이번에는 스커트를 벗기려고 했다.

츠바키의 새하얀 피부가 왠지 낯설어서 마치 도자기로 만든 인형의 옷을 벗기고 있는 것 같았다. 스타킹에 감싸인 허벅지를 보고도 전혀 흥분되지 않았다. 그것을 깨달은 순간, 자신은 정말 무성애자가 아닐까, 갑자기 자신의 무덤덤한 반응에 집착하는 기분이 들었다.

하지만 그것을 부정이라도 하듯, 문득 츠바키의 목에 시선이 멈추었다.

야한 꿈이 다시 떠올랐다. 리호는 단추가 두 개 열려 있는 청색 셔츠 사이로 보이는 츠바키의 목주름을 살짝 만졌다.

약간 축축해져서 매끄러워진 피부에 확실히 가느다란 근육의 감촉이 느껴졌다. 어느 사이엔가 리호는 자신도 모르게 츠바키의 주름진 목을 어루만지고 있었다.

리호의 내면에는 분명히 성적 욕구가 꿈틀거리고 있었다. 입을 쩍 벌리는 것처럼 자신의 성기가 넓어지면서 흥분하기 시작하는 것을 느꼈다. 점점 축축해지고 있었다.

순간 정신이 돌아오면서 리호는 츠바키의 목에서 손을 떼고 침대에서 한 걸음 물러났다. 자기 안에서 꿈틀거리고 있는 욕망이 무의미하게 느껴졌다. 어차피 배출하지 못할 텐데 왜 그것이 자신 안에 있는 거지. 할 수만 있다면 질 속에서 떼어내어 어딘가로 내동댕이치고 싶었다.

다음 날 아침 눈을 뜨자, 제 모습을 찾은 츠바키가 거울

앞에서 머리를 빗고 있었다.

"부모님은?"

"아직 주무시나 봐요. 그런데 지금 5시밖에 안 됐어요. 토요일이라서 출근도 안 하잖아요. 좀 더 주무셔도 되는데."

"괜찮아. 일어나시기 전에 가야지. 남자 집에서 자는 것보다 더 민폐가 될 것 같다."

츠바키는 한숨을 내쉬며 방바닥에 구르고 있던 구두를 집어 들었다.

"그럼 제가 먼저 나가서 현관을 열 테니 따라오세요. 소리 나지 않게 신발을 들고 오는 게 낫겠어요. 그 신발, 상당히 크게 울려서."

"이 스타킹 비싼 건데."

츠바키는 얼굴을 찌푸리다가 이내 고개를 끄덕였다.

"그래, 할 수 없지 뭐."

발소리가 나지 않도록 살금살금 걸어서 현관을 나와 문을 열었다. 계단을 내려와 단지 밖으로 나오자 츠바키가 미간에 주름을 세우며 주변을 둘러보았다.

"여기 어디지? 택시가 다닐 만한 대로가 있나?"

"너무 변두리라서 이 시간에는 택시가 다니지 않을 것 같은데요. 아는 곳까지 데려다줄게요. 저도 자전거 가지러 가야하니까."

축축한 아침 공기를 가르면서 어제 술 마시던 공원까지 걸었다.

"내가 왜 자기 집으로 갔지?"

"술 마시다가 츠바키 씨가 잠들어버려서 제가 데리고 왔죠."

"기가 막히네. 그건 그렇고 자기 정말 술 세다."

"평소에 남자 아르바이트생들이랑 술을 마시다 보니 그런지도 모르죠."

"그런데 10대 때부터 그런 생활을 하면 제대로 잘 살 수 없어."

이른 아침인데도 햇살이 강한 탓에 공원에 도착했을 즈음에는 이미 땀범벅이 되어 있었다. 마시다 만 위스키와 막걸리 병이 흩어져 있고, 츠바키의 우산도 벤치 밑에 널브러져 있었다.

"정말 심하다."

우산을 주우면서 츠바키가 깊은 한숨을 몰아쉬었다.

비에 젖은 술병을 쓰레기통에 버리고, 츠바키가 손을 흔들었다.

"그럼 여기서부터는 길을 아니까."

리호도 고개를 끄덕이며 벤치 옆에 세워두었던 자전거로 다가갔다.

그때 갑자기 뒤에서 츠바키의 목소리가 들려왔다.

"넌 여자야."

리호는 순간 동작을 멈추고 천천히 뒤를 돌아보았다. 너무도 갑작스러워서 금방 이해가 되지 않았다.

'도대체 무슨 말을 하고 있는 거지.'

접은 우산을 가방에 넣으며 츠바키가 이쪽을 보고 있었다.

"그것도 아주 전형적인. 너 같은 사람 너무 많아. 하지만 모두가 그 사실을 받아들이지. 너는 아직 못 받아들이는 것뿐이야. 어린아이니까."

"……."

"자신이 여자라는 것이 고통스럽다는 건 여자들이 느끼는 감정의 하나일 뿐이야. 정말 남자 성향을 가지고 있고, 위화감 때문에 힘들어하는 사람과는 전혀 다른 거지. 그런데도 여자라는 사실이 괴로워서 남자 성으로 도망치는 건 아니라고 생각해. 실례이기도 하고. 너 24시간 남자로 있을 수 있어? 그럴 각오도 없이 그저 투정만 부리고 있는 거잖아. 편안한 길을 찾으려고 하지 말고, 여자로서 그 고통을 품고 살아가야 하지 않을까?"

"하지만……."

"섹스가 고통스러운 것도 네가 여자 역할을 제대로 하지 않기 때문 아닐까? 자신의 성과 당당히 마주하지 못한 탓이라고는 생각하지 않아?"

땅바닥이 일그러져보였다. 손가락 하나 까딱할 수 없었다. 등 떠밀려서 원점으로 돌아온 것 같은 느낌이었다.

섹스에 끔찍한 위화감이 있는 것은 아직 자신이 누구인지 발견하지 못했기 때문이고, 끈기 있게 찾다 보면 자신에게 딱 어울리는 성 정체성과 성적 취향을 분명히 찾을 수 있으리라 믿고 싶었다. 그것만이 리호의 빛이었다.

'나는 역시 여자인가. 줄곧 고통과 위화감을 품고 살아갈 수밖에 없는 걸까.'

망연자실한 리호의 손에서 자전거 열쇠가 떨어졌다.

츠바키는 멍하니 서 있는 리호를 물끄러미 쳐다보다가 열쇠를 주워서 자전거를 타고 가버렸다. 그녀를 불러 세울 기운도 없는 리호는 그 자리에 얼어붙은 듯 서 있을 뿐이었다.

리호는 소주 냄새에 살짝 진저리를 치면서 방 한가운데 앉아서 포테이토칩 봉투를 뜯어서 먹기 시작했다. 기름 냄새에 기분이 더 나빠졌다.

어제 츠바키와 술을 마신 후 이틀 내내 고생하다가 간신히 몸을 추슬렀는데, 늦은 시간에 남자 아르바이트생들한테 한잔하러 나오라고 전화가 왔다.

술 생각은 없었지만 방에 혼자 있고 싶지 않아서 결국 한밤중에 집합 장소로 나갔다. 그리고 왁자지껄한 사내 녀석들과 함께 책상다리를 하고 앉아 조용히 방바닥에 널려 있는 만화책을 읽었다.

밤새 술을 마시고 아침까지 근무했던 남자들을 불러내서 또 점심시간이 지날 때까지 자다가 먹다가를 반복하는 그동안의 회식 분위기도 이제는 즐겁지 않았다. 잠을 자려고 해도 도무지 잠을 이룰 수가 없었다.

밥상 건너편에는 밤새 야근을 한 두 사내가 코를 골며 잠에 곯아떨어져 있었다. 리호는 평소처럼 술을 마실 기분이 아니라서 소주인 척하면서 계속 우롱차만 마시고 있었기 때문에 전혀 취하지 않았다. 방 안 가득 술병과 과자가 흐트

러져 있었다. 리호는 냉장고를 열었다. 제대로 된 음식 하나 들어 있지 않은 것을 보고 한숨을 내쉬었다.

시계를 보니 벌써 오후가 지난 시간이다. 정리를 좀 하고 싶었지만 누가 또 일어나서 다시 술판을 벌일지 모를 일이었고 귀찮기도 해서 그냥 집으로 갈까 생각하고 있었다.

"리호, 일어났어?"

속삭이는 소리가 들려서 돌아보니 아침에 술자리로 불려 온 오카자키가 일어나 있었다.

"응. 나 이제 가도 되지?"

"에이, 무슨 소리야."

"전부 곯아떨어져서 심심하기도 하고."

"깨우면 되지."

"됐어. 이제 피곤해. 다음에 다시 한잔하자."

가방을 들고 리호가 일어섰다.

"왜 그래, 너 오늘 컨디션이 안 좋은가 보다. 항상 끝까지 남아 있더니."

"오늘은 피곤해."

농담하듯 말을 건네며 어깨를 감싸는 오카자키의 손을 뿌리쳤다.

"잠깐만 기다려. 아, 맞다. 이거 가져가."

오카자키를 돌아보자 AV DVD를 내밀었다.

"필요 없어."

"왜? 지난번에 이거 봤잖아. 어땠어? 아주 흥미롭지 않았어?"

"시끄러워."

"역시, 느낀 거 맞지? 한번 해 봤어?"

"좀 시끄럽다고!"

리호는 옆 선반에 있던 탁상시계를 냅다 던졌다. 와장창 깨지는 소리가 울렸다.

"무슨 소리야!"

구석에서 누군가 일어나는 소리가 들렸다. 리호는 뒤도 돌아보지 않고 닥치는 대로 신발을 구겨 신고 나왔다.

사내 녀석들이 리호더러 여자가 아니라면서 지나치게 스킨십을 하는 것도, AV를 보는 자리에서 전혀 여자 취급하지 않는 것도, 모두 리호 자신의 반응을 보기 위한 장난이라는 것을 진작부터 알고 있었다. 하지만 그럼에도 불구하고 리호는 성별이 없는 사람처럼 있고 싶었다. 그렇게 있다 보면 자기 안에 있는 남성성이 표출되는 것 같은 기분이 들었다. 하지만 결국 그 모든 것은 가식이요 과장일 뿐이었다.

목적지도 없이 터덜터덜 걸으면서 츠바키가 했던 말을 떠올렸다. 확실히 남자인 척 행동하면 쾌감이 느껴졌고, 그런 자신에게 심취해 있었던 건지도 모른다. 메이는 그것을 확인하기 위한 '어쨌든 여자'라는 기호에 불과했는지도 모른다.

그런데 도대체 왜 남자와의 섹스가 이토록 힘든 것일까? 누구와 하면 고통스럽지 않을까? 누구와 해도 고통스러운데, 왜 무성애자조차 될 수 없는 거지? 무엇을 위한 성욕인 거지?

몇 번이고 같은 물음만이 머릿속에서 울렸다.

딱히 갈 만한 곳도 없다. 그런데 어느 사이에 여자 모습의 리호는 독서실이 있는 빌딩에 와 있었다. 안으로 들어가고 싶지 않아서 곧장 옥상으로 올라갔다. 거기에는 치카코가 누워서 하늘을 올려다보고 있었다.

"웬일이야?"

놀란 얼굴로 치카코가 묻자, 자신의 몰골이 그렇게 심각한가 싶은 마음에 힘없이 웃었다.

"이제 뭐가 뭔지 모르겠어요. 결국 이렇게 고통스러워하며 살 수밖에 없나 봐요."

"무슨 일 있었어?"

"저는 제 나름으로 2차 성징을 확인해보겠다고 했지만, 사실은 남자라는 결과를 기대했어요. 그렇게 되면 정말 행복해질 줄 알았거든요. 그런데 소용없어요. 그저 현실도피밖에 되지 않더라고요."

"그건 아직 모르는 거야."

"아니요, 이제 알았어요. 츠바키 씨도 말했어요. 사실은 저, 좋아하는 여자가 있어요. 그 사람이랑 있으면 내가 정말 남자라는 느낌이 들었어요. 그녀라면 괜찮을 것 같았어요. 하지만 그 여자와도 섹스는 할 수가 없어요. 아, 정말 괴롭네요."

"도대체 왜 그렇게 힘들까."

치카코는 여전히 여유로운 표정으로 말했다.

"치카코 씨는 절대로 이해 못할걸요. 하지만 나는 정말 너무 힘들어요."

"그럼 안 하면 되지 않아?"

"하지만 성욕은 있단 말이에요. 앞으로 평생 혼자서 이 주체할 수 없는 성욕을 품은 채 살아갈 수밖에 없다고요."

"리호, 너무 어렵게 생각하는 거 같아. 세상에는 아주 기상천외한 섹스를 하는 사람들이 넘쳐나. 그러니까 너무 걱정하지 마, 괜찮아."

전혀 근거 없는 말처럼 들렸지만, 신기하게도 리호의 가슴을 울렸다. 리호는 얼굴을 들었다.

"대체 왜 남자가 되어야 한다고 생각하는 거야? 그냥 그대로 있어도 되잖아. 리호는 무언가 단단한 줄에 묶여 있다고 생각할지 모르지만, 나로서는 오히려 리호가 그 줄을 스스로 묶고 있는 것처럼 보여. 사람을 꽁꽁 동여매는 줄을 손에 들고 자신을 묶어버린 거지. 그러니까 그토록 힘들고 고통스러운 거 아닐까?"

"……."

리호는 치카코의 말을 이해하지 못한 채 갈색 눈동자를 바라보았다. 치카코는 옅은 미소를 띠고 있었다.

"내가 뭘 찾아보는 것을 워낙 좋아해서 자료를 조금 모아서 읽어봤거든. FtM이라든가 FtX라든가, 여러 가지가 있긴 한데……."

"FtX?"

F는 Female의 머리글자, M은 Male의 머리글자니까, FtM은 여성에서 남성이 된 사람을 가리키는 말이라고 책에서 읽어본 적이 있다. 그런데 FtX는 처음 듣는 용어였다.

"그런데 그게 무슨 의미예요? 제가 거기에 해당하나요?"

"리호, 그러면 안 돼. 어딘가에, 무언가에 해당되려고 하니까 그렇게 힘든 거지."

"가르쳐주세요. 제발."

필사적으로 애원하듯 매달리자, 치카코는 난처한 표정으로 설명을 시작했다.

"그러니까, 여자 중에 X, 즉 남자도 여자도 아닌 성별로 살아가기를 선택한 사람을 그렇게 부른대. 성별 초월자, 트랜스젠더 같은 사람들이지. 리호, 내가 말하고 싶은 건, 그런 2차 성징도 있다는 거야. 성별이라는 것에 대해 좀 더 유연할 필요가 있지 않을까? 리호를 가장 힘들게 하는 건 리호 안에 있는 남자와 여자 둘 중 하나여야 한다는 선입견인 것 같아."

"그런 사람들이 있어요? 그…… X가 되려면 어떤 조건이 필요하죠? 어떻게 하면 그 성별이 될 수 있나요?"

"리호……."

치카코는 리호의 머리를 가볍게 쓰다듬었다.

"그렇게 되면 지금까지와 다를 게 없어. 리호 스스로 찾아야지. 기존의 틀에 무조건 들어가려고만 하지 말고. 여자로 살기는 힘들고, 여자가 아닌 성별이 되고 싶지만 남자가 되고 싶지는 않은, 그런 사람이 많으니까 이런 용어도 나왔겠지. 그들이 이 말을 만들었을 거야. 리호도 만들면 돼. 좀 더 융통성 있게 생각하는 게 좋을 것 같아."

치카코의 손길이 너무 따뜻해서 머리카락 사이의 두피에 손길이 닿자, 잔뜩 움츠려 있던 어깨에서 조금씩 힘이 빠졌다.

"힘이 너무 들어가 있네. 몸이 너무 굳어 있어."

치카코의 손길에 손가락이 하나씩 천천히 펼쳐지자 그제야 자신이 주먹을 꽉 쥐고 있다는 것을 알았다.

땀으로 흥건한 손바닥을 들여다보고 있는 리호를 보고 치카코가 웃었다.

"아마 섹스가 힘든 것도, '섹스는 이런 것'이라는 교과서 같은 모범답안이 리호 안에 있어서 그대로 해야 한다는 생각이 너무 강한 때문이 아닐까. 좀 더 이상하고 독특한 섹스를 해 봐. 섹스라고 불러도 되는지 어떤지 사람들도 헷갈릴

정도로 리호밖에 할 수 없는 섹스를 발명해보는 거야."

"그런 건 변태밖에 안 되잖아요."

"보통 사람들이 하는 섹스라는 것 자체가 대부분은 어디에도 없는 것 아니겠어? 리호는 너무 진지해서 문제야. 그렇게 순진하게 있으려면 지금 그대로 지내는 것도 괜찮을 것 같은데."

"치카코 씨는 좋겠어요. 자연스럽게 보통 사람으로 살 수 있어서. 나도 그랬으면 좋겠다."

치카코가 웃으며 말했다.

"글쎄, 그건 모르지. 나야말로 아주 변태적인 섹스를 하고 있을지도."

지극히 자연스럽게 상식 안에서 호흡할 수 있는 사람은 고통이라는 것도 모르고, 정말 부럽네요. 하지만 치카코의 주름진 눈꼬리를 보는 순간 가슴에서 올라왔던 말이 사그라져버렸다.

"이럴 때는 달콤한 걸 먹어주는 게 좋아, 자."

치카코는 가방에서 로열밀크티 페트병을 꺼냈다. '치카코답네' 웃으면서 받아들었다. 설탕 덩어리 같은 그 맛이, 천천히 목 안으로 스며들어왔다.

밤인데도 거리는 밝았다. 리호는 자전거를 츠바키에게 뺏겨서, 밤길을 걸어서 패밀리 레스토랑에 갔다. 오늘은 메이가 저녁 근무를 하는 날이었다.

"어머, 웬일이에요?"

안으로 들어가자 디저트를 만들고 있던 메이가 환하게 웃어준다.

"아, 그게, 수첩을 놓고 가서."

사무실로 들어가서 휴대전화를 만지작거리며 시간을 보내고 있는데 메이가 들어왔다.

"이제 끝날 시간 아니에요? 늦었으니까 내가 데려다줄까요?"

"그래도 돼요? 안 그래도 밤길이 조금 무섭긴 했어요."

유니폼을 갈아입은 메이와 함께 한동안 눅진한 밤길을 걸었다.

"들렀다 가지 않을래요?"

그 말이 채 끝나기도 전에 이미 메이의 집으로 향하고 있었다. 커다란 단독주택이었다.

"어서 와라."

딸 마중을 나온 메이의 어머니에게 리호가 현관에 서서

허둥지둥 인사를 했다.

"아르바이트 선배예요. 리호 씨, 들어와요."

메이는 간단히 소개를 하고 거실 복도로 올라서서 손짓을 했다.

"밤이 늦었으니까 자고 가요."

메이의 어머니는 상냥하게 말해주었다.

"여자는 집에 데려와도 아무도 걱정하지 않으니까 좋네요. 왠지 두근거리는데요."

"그래요?"

"지금부터 우리가 무슨 짓을 할지도 모르는데. 하지만 아무도 신경 안 쓸 거예요."

이쪽을 보며 메이가 살짝 미소를 보냈다. 익숙한 손길로 메이의 손을 잡아끌자, 마스카라가 곱게 코팅된 눈꺼풀을 감았다.

리호는 눈을 감고 있는 메이에게 얼굴을 가까이 가져갔다.

그날 밤, 왜 갑자기 마음이 잦아들었을까, 도무지 알 수가 없었다. 한 번 더 그럴 기회가 오면 이유를 알 것 같았다.

혀를 쑥 들이밀자 메이는 스위치가 켜진 것처럼 리호의 옷을 잡아챘다. 스위치가 켜지면서 그녀의 여자라는 갑옷이 더욱더 두터워지는 느낌이 들었다.

눈을 뜨고 메이를 바라보았다. 가슴을 만진다. 그 보드라움을 만질 수 있다는 기쁨보다, 이것과 똑같은 것이 자신에게도 있다는 공포심이 먼저 엄습했다.

사귀던 선배 앞에서 처음으로 알몸이 되었을 때, 자신의 육체가 문득 여자라는 틀을 가지고 있으며, 그것이 갑옷처럼 숨 막히고 고통스러웠던 것을 떠올렸다.

지금 메이의 육체를 만지고 있는 리호에게 그때와 전혀 다른 보드라운 윤곽이 떠올랐다.

똑같은 인간인데 품고 있는 사람의 성별에 따라 자신에게 전혀 다른 윤곽이 생기고, 그것은 전혀 다른 틀이 된다. 그런데 지금은 양쪽 모두 '여자'다. 남자와 섹스를 할 때는 리호 자신이 성의 대상으로서 여자라는 윤곽이 확실하게 떠올랐고 그것이 고통스러웠다.

하지만 지금 메이의 보드라움과 호응하는 리호의 윤곽은 유화 속 나체 부인상을 연상시키는 성적 대상이 아닌 보드라운 나체일 뿐이었다.

지금의 매끄러운 윤곽에 편안함과 행복을 느낄 수 있다면 그것으로 좋았다. 하지만 리호는 이 윤곽도 고통스럽긴 마찬가지였다.

남자가 만졌을 때처럼 윤곽 속의 리호 자체가 찌부러지는 감각은 아니지만 자신과 상대 모두 보드라운 여자라는 것을 온몸으로 느끼며 양수 속으로 밀려들어 가는 것 같은 숨 막히는 고통이 있었다. 자신은 생리적으로, 근본적으로 여자라는 사실을 자궁을 꺼내 들고 들이대며 선고받고 있는 기분마저 들었다.

메이의 육체를 범하면 범할수록 자신은 여자라는 보드라움에 몸이 조여 온다. 그것은 서로를 탐닉하는 육체끼리의 볼록한 감촉 때문만이 아니라, 결국에는 여자임을 강조하는 듯한 메이의 반응에도 원인이 있는 것 같았다.

"여자끼리 하니까 보드랍고 기분이 좋네요."

메이가 눈을 가늘게 뜨며 말했다. 리호는 그런 메이가 사랑스럽다고 느꼈지만 흥분은 되지 않았다. 그녀는 '여자끼리'라는 것에 의미를 두고 있다. 그러나 자신이 바라던 것은 그게 아니라고 생각했다.

리호는 품속에서 점점 여자 향기가 짙어지는 메이의 살갗을 어루만지며 반대편 손으로 차가운 감촉의 침대 시트를 움켜쥐었다.

나는 줄곧 좋아하는 사람과 함께, 성별이라는 옷을 벗어 던지고 싶었다. 성별을 벗고 서로 사랑하고 싶었다.

상대의 성별 따위는 아무래도 좋았다. 두텁게 '성별'을 입고 있는 사람일수록 갑옷처럼 첩첩의 껍데기 안의 성별 없는 존재를 연상시켜서, 사실은 고통스러워하고 있는 것 아닐까, 자신과 함께할 수 없는 것 아닐까, 두려운 생각이 들었다. 그저 그것뿐이었다.

성별이라는 갑옷을 껴입고 있는 사람은 그 단단한 갑옷으로 무른 내면을 사수하고 있는 것처럼 보였다. 그 내면과 리호는 연결되고 싶었다. 메이의 능수능란하게 여자를 연기하며 남자를 응대하는 모습은 어딘가 방어벽처럼 보였다. 침대 안에서 함께 갑옷을 벗는 것은 아닐까 생각했다.

'여자'를 입음으로써 이익을 얻고 그 이익으로 자신을 지키는 메이도, 주방 사내들 앞에서 '남자' 흉내를 내며 자신을 방어하는 자신도, 본질적으로는 똑같은 구석이 있지 않을까 생각하고 있었다. 하지만 아니었다.

메이가 입은 '여자'는 갑옷이 아니라 그녀의 내면과 보드랍게 이어져 있었다. 성별을 입고 있는 자체가 즐겁고 자연스러워 보였다. 옷을 벗으면 벗을수록 '여자'라는 윤곽을 솜

사탕처럼 부풀려가는 그녀에게서 불현듯 몸을 떼어냈다.

"왜 그래요?"

메이가 이상하다는 듯 물었다.

"아, 아뇨. 나 생리하는 것 같아요. 저기, 오늘은 그냥 가야겠어요."

"밖에까지 데려다줄게요."

"괜찮아요."

웃음을 보이며 리호는 방을 나섰다.

"밤늦게 실례 많았습니다."

고개를 숙여 인사를 하고 얼굴을 드니 당황한 표정의 메이가 거실 복도에 서 있는 모습이 보였다. 손을 흔들어 보이고 집을 나섰다.

머릿속으로 몇 번이고 되뇌었다.

'나는 좋아하는 사람과 함께 성별을 벗고 싶어.'

하지만 섹스를 할 때 대부분의 사람들은 더욱 두껍게 성별을 덧칠한다. 그렇기 때문에 평소에 두툼한 갑옷을 입고 있는 사람이라면 오히려 벗어주지 않을까, 스스로 환상을 품어보는 것이다.

'아니, 나처럼 괴로워하는 사람이라면 벗는 법을 알고 있

을지도 몰라. 벗겨줄지도 몰라. 어딘가에서 참고 기다려 줄지도 몰라.'

함께 성별을 벗어줄 파트너를, 나는 찾고 있다. 자신처럼 '여자'가 힘겨운 사람. 그런 거라면 누구라도 좋고, 사랑이 아니어도 괜찮을지 모른다.

생각해보면 이성과 연애를 할 때도 필요 이상으로 남자다운 사람만 선택했던 것 같다. 그 갑옷을 힘겨워하고 있을 것 같은 사람에게 늘 마음이 끌리곤 했다.

문득 츠바키의 주름진 목선이 떠올랐다. 자신이 왜 그토록 거기에 성욕을 느꼈는지 알 것 같았다.

필사적으로 선크림을 바르면서 피부를 지키려고 하는 츠바키는 무언가에 질려 있는 것 같았다. 리호는 그 주름진 내면으로 들어가고 싶었다. 갑옷 속에서 웅크리고 있는 츠바키를 만지고 싶었다. 자신의 성적 욕망은 바로 그곳을 향하고 있었던 것이다.

자기 성별도 아직 모르면서 섹스는 '나밖에 할 수 없는 섹스'를 발명하지 않으면 안 되는 것인가. 너무 어려운 문제인 것 같으면서도 왠지 전보다 훨씬 섹스에 희망이 생긴 것 같은 기분이 들었다.

어슴푸레한 화장실 안에서 리호는 손거울을 들여다보고 있었다. 거기에는 톱을 입은 자신이 있었다. 가발은 집에 두고 왔다.

이런저런 생각 끝에 지금 이 모습이 자신에게 가장 잘 맞는 상태가 아닐까 생각했다. 성별에 대해 고민하는 것은 잠시 보류한 어중간한 상태였다.

'우선은 파트너를 찾자' 리호는 줄곧 생각하고 있었다. '그리고 천천히 섹스를 하면서 자신의 성을 정하면 되는 거야. X의 성을 만들면 돼'

머리를 자를까 생각했지만, 여성스러운 단발머리 아래의 가슴 밋밋한 상반신이 지금 자신의 상태를 잘 표현하고 있는 것처럼 느껴졌다.

톱 차림으로는 밖으로 나갈 수 없기 때문에 얇은 셔츠를 걸쳐 입었다. 파카보다 얇고 단추를 잠그지 않아서 가슴이 사라져버린 상반신이 그대로 드러나버렸지만, 어중간한 상태의 자신을 그렇게라도 표출해보리라 생각했다.

이 '보류' 상태의 몰골로 갈 수 있는 곳이라고는 독서실밖에 없었다. 이 모습으로 개방된 장소에 나갈 용기는 아직 없었다. 여기서 조금 시험을 하고 서서히 자신의 성을 찾아보고 싶었다.

문자가 와서 옥상으로 올라가자 츠바키가 먼저 와서 앉아 있었다. 치카코는 아직 오지 않은 모양이었다.

조금 어색해하며 리호는 츠바키 옆에 앉았다.

“저기, 나 오늘 아르바이트 지각했어요.”

“그러면 안 되지.”

“자전거가 없어서 그래요. 전철로 가니까 시간이 더 걸렸어요. 자전거를 훔친 사람 때문에.”

“그렇군. 무섭네 도쿄. 앞으로는 열쇠 잘 잠가.”

“어른이 아이들 자전거나 훔치다니.”

“괜찮아, 나는 손님이잖아. 손님이 급한 상황일 때는 자전거를 빌려주기도 하는 거야. 안 그러면 이제 그 가게는 가지 말아야지.”

아무렇지 않은 듯 대꾸하면서 츠바키는 열심히 선크림을 발랐다. 금목걸이 아래로 보이는 옅은 주름을 물끄러미 바라보고 있는데, 츠바키가 우울한 표정으로 이쪽을 쳐다보았다.

“왜 그래, 뭐가 어때서. 밤중이라도 선크림 바를 자유는 있잖아. 그건 그렇고 결국 어떻게 됐어? 너의 2차 성징은?

가발도 안 쓰고, 제법 여자 티가 나는 것 같기는 한데."

"그래도 가슴 없애려고 톱은 입었어요."

"너무 어중간하네."

"잠시 어중간하게 있어 보려고요. 보류라고 해두죠."

"보류?"

"잠시 동안 어떤 성별도 아닌 상태로 편하게 있어 보기로 했어요."

"그럼 지금의 자기는 뭐야?"

"좀 강하게 표현하자면 '무無'의 상태죠. 아직은 아무것도 아닌."

"말도 안 돼."

츠바키가 피식 웃었다.

리호가 말을 하려고 하는 순간 발소리가 들렸다.

"미안, 미안. 저녁 사러 갔다 오느라."

풀이 죽은 목소리와 함께 치카코가 계단에서 얼굴을 빼꼼 내밀었다.

"두 사람, 벌써 먹은 거야? 어, 어떡하지?"

"별로 생각 없어."

츠바키가 언짢은 표정으로 일어섰다.

"아이들 소꿉놀이 같은 이야기를 듣고 있었을 뿐이야. 미안한데 나는 그만 가볼게. 쓸데없는 이야기 하고 있어봤자 공부 시간만 줄어드니까."

츠바키가 계단으로 걸어갔다. 리호는 젓가락을 쥔 채 츠바키의 뒷모습을 바라보고 있었다.

리호는 한숨을 내쉬었다. 무의 상태로 독서실에서 지낸 지 며칠이 지났다.

앞으로 자기가 어떻게 해야 할지 종잡을 수 없었다. 하지만 이 몰골로 올 수 있는 곳이라고는 여기밖에 없으니, 결국 다시 이곳으로 오고 마는 것이다.

모든 것을 있는 그대로 받아주는 치카코를 만나고 싶어서이기도 하지만, 리호가 정말 만나고 싶은 사람은 츠바키인지도 모른다. 츠바키를 어떻게든 이기고 싶다는 마음에서 이곳을 찾는 건지도 모른다.

화장실로 들어가서 단발머리와 평평한 가슴을 들여다보고 있는데 누가 들어왔다. 서둘러 가슴을 숨기려고 셔츠 앞자락을 움켜쥐었다.

"그렇게 애써 숨길 거라면 처음부터 하지 말았어야지."

냉랭한 목소리에 돌아보니 거기 서 있는 것은 츠바키였다.

리호는 숨이 멎을 것 같았다. 이 모습이 딱히 부끄럽지도 않으면서 살금살금 숨어들었던 자신이 원망스럽고 후회스러웠다. 무엇보다 츠바키에게 들켰다는 사실이 굴욕적이어서 입술을 꾹 깨물었다.

츠바키는 리호를 옆에 두고 가방에서 선크림을 꺼내 바르기 시작했다.

리호는 움켜쥔 셔츠 앞자락에서 손을 떼지 못하고 우물쭈물하고 있었다. 선크림을 다 바른 츠바키가 리호를 힐끗 쳐다보며 말했다.

"이제 그런 쓸데없는 반항은 그만두지 그래. 너는 새로운 길을 찾고 있다고 생각할지 모르지만 나한테는 그렇게 안 보여. 용기 있는 것도, 결의를 다지는 것도 아니야. 결국 도망치고 있는 것뿐이라고."

어깨를 한 번 움찔해 보이고 선크림을 가방에 넣더니 화장실을 나갔다.

리호는 멍하니 서서 꽉 쥐고 있던 셔츠의 가슴 쪽을 내려다보았다. 힘을 빼고 자신의 밋밋한 가슴을 할퀴듯 오른손을 내리고는 화장실에서 뛰쳐나왔다.

"잠시만요."

츠바키는 뒤도 돌아다보지 않고 엘리베이터 버튼을 눌렀다.

리호는 목이 메는 듯 띄엄띄엄 말을 꺼냈다.

"보…… 본인도…… 도망치고 있는 것 아닌가요? 츠바키 씨는…… 여자에게로 도망치고 있잖아요? 피부가 늙는 건 인간으로서 당연한데, 도저히 받아들일 수 없는 거잖아요!"

"미안한데, 너랑 토론 같은 거 할 생각 없거든."

"밖은 지금 캄캄해요. 그런데 왜 그렇게 선크림을 덕지덕지 바르는 거죠? 주름이 두려운 이유는 여자라는 이름 속으로, 상품이라는 이름 속으로 도망치고 있기 때문 아니에요? 여자라는 성별에 숨어서 자신을 지키려고. 여자를 벗어버리기가 두려운 거죠. 만약 그런 거라면……."

"무슨 말을 하는 건지 하나도 모르겠네."

"츠바키 씨는 너무 비겁해요. 제대로 대화해보자고요."

"어린애도 아니고, 그렇다고 어른도 아니고. 더구나 공부까지 방해받는 건 정말 싫어. 공부할 생각도 없는 사람이 다니는 독서실이라니, 도무지 집중이 돼야 말이지."

"이…… 이것도 공부예요."

"여기에서 하는 공부라는 것이 의미가 있을까? 그 모습으로 이 빌딩 밖에 나갈 용기도 없으면서."

말문이 막혔다. 츠바키는 리호를 한 번 쳐다보더니 엘리베이터를 타고 1층으로 내려갔다.

아무래도 무슨 말이든 해야 할 것 같아서, 리호도 엘리베이터를 타고 독서실 빌딩을 나와 뒤를 쫓았다. 그 순간 문득 자신이 '보류' 상태의 몰골로 밖에 나와 있다는 것을 알아챘다.

"왜 그래? 아직 볼일이 남았나?"

"자전거 돌려주세요. 아르바이트 가려면 불편하단 말이에요."

"집에 있어."

츠바키는 짧게 대답하고는 계속 걸음을 재촉했다.

"가지러 갈게요."

불편한 것도 불편한 것이지만 츠바키에게 하려던 말은 이런 투정이 아니었다. 하지만 정확하게 할 말을 찾지 못하고 입을 다문 채 츠바키의 뒤만 따를 뿐이었다.

츠바키는 연한 하늘색 민소매 티셔츠에 타이트한 흰색 스커트를 입고 있었다. 긴 머리는 뒤로 묶었고, 하이힐은 당장이라도 부러질 것처럼 굽이 날카로웠다.

리호는 교과서에서나 나올 법한 단정한 옷차림이라고 생

각했다. 순간 사람들이 '여자'라는 시험의 정답으로 츠바키에게는 동그라미를 치고, 자신에게는 엑스 표시를 하고 있는 광경이 떠올랐다. 그 완벽한 모습이 츠바키의 의지인지 아니면 그녀가 그저 여자라는 과목에서 우등생이 된 것뿐인지 리호는 알 수가 없었다.

자신의 평평한 가슴을 느끼고 앞자락을 여미고 싶었지만 츠바키에게 또 지적당하는 것이 싫어서 검은색 톱이 보이는 상태로 걸었다.

어딘가에 맞출 것 없이 자기 나름의 스타일을 찾는 데 그 나름으로 시간이 걸리는 것은 당연하지 않을까. 자신이 정말 어리광을 부리고 있는 것일까. 생각이 거기에 미치자 갑자기 눈시울이 뜨거워졌다.

츠바키가 드디어 걸음을 멈춘 것은 그녀의 화려한 복장과 조금은 거리가 멀다고 할 만큼 소박하고 아주 평범한 아파트 앞이었다.

밖에는 리호의 하늘색 자전거가 세워져 있었다.

"가지고 갈게요."

냉랭한 목소리로 말하자 그제야 츠바키가 이쪽을 돌아보았다.

"괜찮아?"

눈썹을 찡그리며 땀범벅이 된 리호를 쳐다보았다. 톱 위에 긴소매 셔츠를 겹쳐 입은 탓에 연신 땀이 흘러내리고 있었다.

"집에 가서 자전거 열쇠 가지고 올게. 너도 물을 좀 마셔야 할 것 같고."

한밤중의 눅눅한 공기를 한껏 들이켜 마셔도 호흡이 힘들어서 땅바닥이 일그러져 보였다. 리호가 살짝 고개를 끄덕이는 모습을 확인하고 츠바키는 계단을 올라가면서 손짓을 했다.

이끌리듯 방으로 들어가서 중앙에 놓인 작은 유리 테이블 앞에 앉아 있으니 츠바키가 미네랄워터에 얼음을 넣어서 가지고 왔다.

"물밖에 없네. 이거라도 마셔."

"고마워요."

리호는 단숨에 들이켰다. 앞니에 얼음이 닿자 통증이 느껴졌다.

그제야 한숨을 돌리고 방 안을 둘러보았다. 가구들은 심플하고 바닥에는 아령과 통신 판매에서 본 적이 있는 얼굴에 증기를 쐬어주는 기구가 놓여 있었다. 선반 위에는 얼굴에 굴려서 사용하는 미용 기구와 양초 등을 빼곡히 늘어놓았는데, 의외로 어수선한 분위기였다.

케이스에 들어 있는 와인 잔을 물끄러미 보고 있는데 츠바키가 어깨를 움츠리며 말했다.

"결혼식 답례품으로 받은 것들이 많아."

"아, 그래요?"

"벗을래?"

"네?"

"그 옷차림으로 나갔다가는 탈수증 걸리기 십상이야. 그 답답해 보이는 톱은 좀 벗지 그래? 티셔츠 빌려줄게, 자전거 빌려준 답례로."

"괜찮아요. 이대로 갈래요."

츠바키는 한숨을 쉬었다.

"너는 도대체 왜 그토록 연연하는 거야? 남자가 아니면 넌 그냥 여자인 거야. 왜 그걸 받아들이지 못하지?"

"이제 알았어요. 성별은 두 종류만 있는 게 아니에요. 남자와의 섹스가 고통스러운 여자도 성별이 없는 상태에서는 가능하다는 것을."

"절대로 그럴 수는 없어."

츠바키는 머리를 풀고 침대 소파에 풀썩 앉았다.

"그 고통이야말로 여자들이 느끼는 거야. 도망가도 소용없단 말이야."

"나는 그런 게 싫어요. 새로운 방법을 찾고 싶어요."

'당신도 사실은 그렇지 않나요'라고 말하고 싶었지만 말이 나오지는 않았다. 겁쟁이라서 늘 선크림을 바르고 있지만 그 피부 내면에는 좀 더 자유로운 츠바키가 잠재되어 있지 않을까. 리호는 대화를 일반론으로 바꾸면서 필사적으로 호소했다.

"나와 같은 고민을 안고 있는 사람들이 많다고 츠바키 씨가 그랬죠. 다른 사람들도 그러니까, 흔한 고통이니까 무조건 참아야 한다는 건가요? 고통에서 벗어날 수 있는 방법을 찾으면 안 되나요? 새로운 섹스 방법을 개발해서 성별이라는 옷을 벗고 섹스를 할 수 있다면 고통에서도 해방될 수 있잖아요. 사람들한테 그 방법을 알려주면 되잖아요."

"아무도 타지 않는 노아의 방주. 아무도 따라오지 않는 하멜른의 피리 부는 사나이로군."

츠바키가 어깨를 들썩였다.

"그렇지 않아요. 참고 있는 사람이 많다면 분명히 동참할 사람도 있을 거예요."

"그럼 그 방법을 보여줘. 그대로 따라 하면 되는 거야?"

"네?"

"나랑 섹스를 해 보는 건 어때? 나의 '여자'를 벗겨볼 수 있어? 네가 분명히 말했잖아, 성별을 벗고 섹스를 한다고."

리호는 말문이 막힌 채 츠바키를 쳐다보았다.

츠바키가 피식 웃었다.

"봐, 못 하잖아. 그러니까 너는……."

"할 수 있어요."

리호는 일어서서 침대에 앉아 있는 츠바키와 마주했다.

"할 수 있어요. 나, 나는 지금 성별이 없으니까, 그러니까, 이 모습 이대로 섹스를 할 수 있어요."

"아니, 넌 못 해."

"할 수 있어요."

리호는 츠바키의 눈을 정면으로 바라보았다.

정면에서 이렇게 가까이 츠바키의 눈을 바라본 적은 처음이었다. 츠바키의 눈동자는 다른 색 하나 섞이지 않은 순수한 칠흑이었다.

리호는 그 찬란한 어둠을 한 방울 떨어뜨린 것 같은 눈동자에 빠져들 듯 츠바키에게 한 걸음 다가갔다.

가까이서 보니 눈꼬리와 눈 밑에도 옅은 주름이 파여 있고, 눈가에는 살색 컨실러를 발랐다. 그 밑으로 연한 갈색이 비쳤다.

리호 안에서 욕망이 끓어넘쳤다. 츠바키가 상대라면 할 수 있을지도 모른다. 리호는 욕망에 이끌리듯 불쑥 츠바키의 눈꼬리 주름에 검지를 가져다대었다.

츠바키의 피부는 깜짝 놀랄 만큼 차가웠다. 리호는 츠바키에게 얼굴을 가져갔다.

그 입술이 너무 보드라워 잠시 몽롱해졌다. 하지만 리호는 다시 성별이 없다고 스스로 되뇌며 츠바키 어깨에 손을 얹고 체중으로 침대에 쓰러뜨렸다.

리호의 팔 밑에서 츠바키의 육체가 튀어 오른다. 가느다란 목과 거기에 파인 주름이 출렁이는 것을 리호는 물끄러미 내려다보았다.

나는 지금 무성無性이다. 그렇게 생각하니 용기가 불끈 솟아나 츠바키의 목에 얼굴을 가져갔다.

욕망이 자궁을 꽉 쥐어짜는 느낌이 들면서 하반신이 찌릿

했다. 리호는 셔츠를 벗어 던지고 가슴 밋밋한 톱 차림이 되었다.

츠바키가 나지막이 중얼거렸다.

"이 톱, 정말 가슴을 없애주네. 그러고 보니 정말 성별은 벗을 수 있는 것?"

평소의 비난이나 조롱이 아닌 순수하게 묻고 있는 것 같은, 입에서 저절로 터져 나온 말이었다.

"그……래요."

"그래. 그럼 내가 어떻게 하면 여자를 벗고 너와 섹스를 할 수 있을까."

"내……가 벗겨줄게요."

리호는 꾹 눈을 감았다. 무성의 자신을 믿고 무성의 상태 그대로 츠바키를 애무하는 것이다. 그것으로 분명히 우리의 성별은 벗겨진다. 치카코의 말이 새삼 머리에 울려왔다. '리호밖에 할 수 없는 섹스를 발명하면 되잖아'. 그 말에 등 떠밀리듯 츠바키의 살갗에 혀끝을 댔다. 달콤한 통증 덩어리가 아랫배에서 전율한다.

'가슴과 성기를 피해서 성별이 없는 부분을 사용해서 섹스를 하는 거야' 그렇게 생각하며 츠바키의 목덜미를 핥았다.

목에 새겨진 주름의 감촉이 혀끝을 간질인다. 그렇게 하면 주름 속에 있는 츠바키 자신과 섹스를 할 수 있다고 느꼈다.

하늘색 셔츠 단추를 풀자 츠바키의 속옷이 드러났다. 보드랍고 봉긋한 그것에서 눈을 거두고 어깨에 혀를 미끄러뜨린다.

하지만 어깨에도 가냘픈 쇄골의 선이 드러나 있어서 혀끝에 츠바키의 여성스러움이 묻어나는 것을 어쩔 수 없었다. 리호는 최대한 단단한 곳을 만져보리라, 츠바키의 무릎으로 손을 뻗었다. 그 단단한 감촉 위의 미끈거리는 스타킹에 닿자 화들짝 놀라서 손을 떼버렸다.

"저, 이거, 벗겨도 돼요?"

"아, 잠깐만, 잡아당기면 안 돼. 비싼 거야."

츠바키는 몸을 일으켜서 조심스레 스타킹을 벗었다. 그 안에서 한결 희고 가느다란 피부가 드러났다.

리호는 무릎을 핥으며 츠바키의 뒤꿈치를 쓰다듬었다. 그러나 무릎 역시 여성스러운 매끈한 피부로 덮여 있었고, 뒤꿈치 또한 관리를 얼마나 정성 들여 했는지 반들반들한 감촉이었다.

"그런데 자기, 아까부터 성적이지 않은 곳만 만지고 있는 것 같아. 그러면 아무것도 못 느끼잖아."

츠바키의 일침에 리호는 입술을 깨물고 스커트 속으로 손을 넣었다.

팬티를 내리고 아주 천천히 엉덩이로 손을 뻗친다.

손가락 끝이 항문에 닿았다. '여기도 성별이 없는 곳이야. 여기를 사용해서 섹스를 해야지'라며 리호는 막연하게 생각하고 있었다. 남자한테도, 여자한테도 있는 중성적인 그러면서도 성적으로 사용할 수 있는 구멍. 그런 생각으로 리호는 항문을 어루만졌다.

남자 항문을 만져본 적은 없지만, 츠바키는 항문조차 보드랍고 매끈했다. '이 사람의 육체는 구석구석 온통 여자요, 성별이 없는 곳이 없네' 문득 그런 생각을 하며 손을 걸치고 있었다. 처음에 타올랐던 욕망은 이미 사라져버렸다.

츠바키는 그런 리호를 꿰뚫어보듯 리호의 표정을 올려다보았다.

"그렇게 해서는 전희도 안 돼. 할 수 없네. 내가 해줄게."

츠바키가 리호의 팔을 들어 올리자 균형을 잃은 리호가 침대 위로 풀썩 튕겨 나갔다.

"가슴이랑 성기는 만지지 말아줘요. 그런 건 의미가 없다고 할 수도 있지만.”

츠바키는 리호의 귀를 핥았다. 귓불의 침 소리에 깜짝 놀라서 몸이 바짝 긴장되었다. 신기하게도 혐오감은 없었지만 기묘한 간지러운 감촉에 몸을 비틀었다.

리호는 침대 소파 모양 안에서 익사하는 것처럼 격하게 움직이며 곁눈으로 츠바키를 올려다보았다. 긴 머리카락을 귀에 꽂고 흘깃 리호를 내려다보는 모습은 여자 그 자체였다. 이 사람이 만약 꿈에서 본 것처럼 온통 주름졌더라도, 거기에서 나오는 황금색 액체는 외모 이상으로 ‘여자’ 자체가 아닐까.

메이와의 그때와 달리 혐오감은 없었다. 츠바키에게 성적 흥분을 전혀 느끼지 않은 탓인지도 모른다. 그런데 갑자기 츠바키가 두려워지면서 침대 끝으로 후다닥 도망쳤다.

“왜 그래? 할 수 있다고 했잖아, 침대 안에서 성별을 벗을 수 있다고 했잖아. 자, 어서 벗고 섹스를 해 보라니까.”

츠바키는 리호에게 입술을 가져갔다. 립스틱 향이 코끝을 어지럽히고, 리호는 츠바키에게 입술을 맡기고 있었다.

“입에는 성별이 없겠지.”

입술을 포개기 전에 츠바키가 작은 소리로 속삭였다. ‘그래, 입은 성별이 없는 구멍이다' 그렇게 생각하면서도 츠바키의 입술은 메이만큼이나 보드라웠다.

리호의 앙다문 이를 츠바키가 혀로 핥고 있었다. 혐오감은 아닌 무언가가 자신에게 복받쳐오는 것이 두려웠다. 혐오감은 어쩌면 지금껏 자신을 지켜주었던 안전바였는지도 몰랐다.

"입을 제대로 벌리지 않으면 키스를 할 수 없잖아."

혀를 이에서 떼며 츠바키가 속삭였지만 리호는 눈을 감고 주먹을 쥔 채 여전히 이를 앙다물고 있었다.

"성별이 없는 곳이란 없어. 온몸 구석구석, 너는 여자야."

츠바키는 리호의 청바지 지퍼를 내렸다. 깜짝 놀라서 힘껏 몸을 비틀었지만 츠바키의 가녀린 손가락이 먼저 파고들었다.

츠바키는 리호의 항문을 애무하기 시작했다. 리호는 신음을 뱉었다. 하지만 그 신음 속에 어딘가 달콤한 울림이 섞여 있었다.

아르바이트 동료들과 DVD를 볼 때 흘러나왔던 AV 여배우들의 신음이 머릿속에 떠올랐다. 그와 흡사한 소리가 자기 목에서 부그르르 솟구쳐 나왔다.

츠바키가 입과 항문을 만지자 제일 먼저 반응한 것은 유방이었다. 톱 속에서 납작하게 찌부러져 있던 유방 끝, 핏빛 피부가 츠바키의 손길이 닿은 것도 아닌데 팽팽해졌다.

다음으로 성기가 축축해졌다.

츠바키는 항문에서, 그리고 바로 성기까지 손가락을 움직이는가 싶더니 이내 그곳에서 움직임을 멈췄다.

리호는 주먹을 꽉 쥔 채 얼굴을 침대 시트에 박고 있었다. 츠바키가 동정하듯 내뱉는 말소리가 들려왔다.

“자, 봐. 아무리 배제하려고 해도 반응하는 것은 너의 ‘여자’야. 침대 안에서 여자라는 사실로부터 도망칠 수 없는 거지. 성별을 벗고 서로 사랑한다는 건 무리라니까.”

“그럴 리…… 없어요. 절대로…… 언젠가 성…… 성별을 벗어 던지고 섹스를 할 수 있을 거예요. 언젠가, 반드시…….”

어린아이가 떼를 쓰듯 리호는 같은 말을 되풀이했다. 츠바키는 손을 리호의 팬티 속에서 꺼내더니 조용히 리호의 머리를 쓰다듬었다.

“무리야. 너의 이상론을 육체는 따라오지 않아.”

리호는 츠바키의 보들보들한 육체를 떠밀고 서둘러 청바

지 지퍼를 올린 다음 셔츠를 입고 뛰쳐나왔다.

휘청거리며 걸어서 오던 길을 다시 되돌아 독서실 앞까지 왔다.

안으로 들어가니 사람들은 거의 없었다.

리호는 자기 자리에 앉았다. 조금 전 반응했던 육체가 아직 톱 속에서 열기를 뿜고 있는 것 같았다.

여자라는 가면을 아무리 벗어버리려고 해도 그 안에서 나오는 것은 결국 여자다. 인간으로서의 여성은 여자의 형상을 하고 있을 뿐 내장에 성별은 없으리라 생각했다. 하지만 아까 했던 섹스에서 피부 안쪽 구석구석까지 리호는 그냥 여자였다. 그것은 샘물처럼 리호에게서 솟아나오고 있었다.

기도하듯 손을 모으고 움켜쥔 주먹에 이마를 기대었다. 독서실 바닥이 출렁거리는 느낌이 들었다. 처음에 이곳에 왔을 때 독서실이 배처럼 느껴졌다. 어딘가로 배를 띄우듯 나아갈 수 있을 것 같았다.

그때, 여기가 히카와마루 같다고 생각했다. 요코하마에 계속 정박하고 있는 히카와마루. 망망대해를 향해 출항하려고 했지만 어디에도 나갈 수 없었다. 머릿속에서 생각이 떠나질 않자 더욱 필사적으로 두 손을 꽉 움켜쥐었다.

'아무도 타지 않는 노아의 방주.'

츠바키의 말이 떠올랐다. 아무도 아니, 리호 본인조차 탈 수가 없었다. 새로운 세계로 나가고 싶었는데 실제로는 대륙의 한쪽에서 헤어나지 못하고 있는 것이다.

눈시울이 뜨거워졌지만 눈물은 나오지 않았다. 몸속이 칠흑 같은 어둠으로 변해버린 것 같다. 리호는 눈을 감고 자기 피부 안의 어둠을 계속 주시했다.

"왜 그래!"

독서실에 목소리가 울려 퍼졌다. 개인적인 대화를 금지하고 있는 방이기 때문에 "쉿!" 하고 누군가 주의를 주었지만 목소리의 주인은 아랑곳하지 않고 이쪽으로 다가왔다.

"리호. 리호, 괜찮아?"

새파랗게 질려 있는 리호를 흔들어 깨운 것은 치카코였다.

"이렇게 꽉 끼는 옷을 입고 있으니까 기분이 더 나빠지지."

'그랬나. 아직 톱을 입고 있었구나.'

리호는 생각했다. 치카코는 리호를 화장실로 데리고 가서 양변기 뚜껑을 닫은 다음 앉히고 톱을 벗겨주었다. 톱은 이미 땀에 흠뻑 젖어 있었다.

숨 막히는 구속에서 해방된 리호는 자신의 육체를 내려다보았다. 두 개의 자그마한 유방이 부풀어 있었다. 자신의 유방을 본 지 참 오랜만인 것 같았다.

"이거 남장하는 사람들이 쓰는 거 아니야?"

"그렇긴 한데, 성별이 없는 상태로 만들려고……."

자신의 실없는 변명이 너무 기가 막혀서 웃음이 터져 나올 것 같았다.

"무성이라는 성별도 이렇게 옷을 입어야 하는구나. 정말 힘들겠다."

무성. 자신은 언제부터 무성을 입게 된 것일까. 여자를 벗어버릴 심산이었던 것이 결국 다른 것을 입게 된 것뿐일까.

치카코가 불러준 택시를 함께 타고 요동치며 달리면서 리호는 천천히 심호흡을 했다. 그런 다음 살짝 눈을 감고 중얼거렸다.

"오늘, 성별 없이 섹스를 해 보려고 했어요. 하지만 할 수가 없었어요……."

영문을 알 수 없는 이야기였지만 치카코는 아무것도 묻지 않고 고개를 끄덕여주었다.

"그랬구나."

"잠시 동안 꿈을 꾸었어요. 만약 내가 성공했다면 나처럼 힘들어하는 사람들에게 방법을 알려줄 수 있을 텐데, 하는 어리석은 생각을 했네요. 하지만 보기 좋게 실패했어요."

"괜찮아. 다른 사람들 모두 저마다의 길을 가고 있으니까. 리호가 그렇게 몸부림치지 않아도 돼."

"저 독서실에서, 배에서, 어딘가 멀리 자유로운 곳으로 나가고 싶었어요. 나에게는 노아의 방주였거든요."

잠꼬대를 하듯 리호는 중얼거리고 있었다.

"고통스러워하는 사람들을 새로운 세계로 데리고 갈 수 있을 거라 생각했어요. 하지만 아무도 타지 않는 노아의 방주, 아무도 따라오지 않는 하멜른의 피리일 뿐이라고 누가 그러더라고요."

"그래, 그래."

"새로운 세계를 항해하는 배 같은 건 어디에도 없었어요. 무성이라는 건 결국 피난처에 불과했던 거예요……."

"그래."

치카코의 음성은 부드러웠다.

"자, 이제 좀 자."

흔들리는 택시에 몸을 맡기고 치카코의 어깨에 머리를 기댔다. 그녀에게서 비스킷의 달콤한 향기가 났다. 어린 시절로 돌아간 것 같은 기분과 함께 리호는 조용히 눈을 감았다.

치카코. 2

치카코는 일어나자마자 냉장고를 열고 물을 자기 안의 빈 동굴로 흘려 넣었다. 시계를 보니 벌써 11시라는 시간이 지나고 있었다. 정보는 그것뿐, 오늘이 무슨 요일인지도 알 수가 없었다.

치카코에게는 토요일과 일요일이 없다. 금요일 밤, 회사를 마치고 독서실에서 돌아오고부터는 아침과 밤이라는 파도가 사라져버린 일정한 시간의 흐름이 줄곧 이어진다. 휴대전화에 입력해 놓은 스케줄 알람이 월요일 아침을 알리며 울 때까지 그 시간의 흐름은 이어진다. 알람에 맞춰 기계적인 몸놀림으로 준비를 하고 회사에 가면 비로소 아침이 발생해 있는 장소에 발을 내디딜 수 있다.

하지만 한동안은 그 영원의 우주적 시간이 몸속에 남아 있어서 모두가 분주히 움직이고 있을 '아침'이라는 환상에서 혼자만 눈을 뜬다. 그 광경을 조금 떨어져서 지켜보는 수밖에 없다. 하지만 파도 한 점 없이 일정하게 흐르는 영원의 흐름에 비하면 별빛이 강해진 상태를 아침이라고 부르는 그들의 규칙이 아주 즐겁게 느껴지기도 한다.

영원으로 이어지는 우주의 시간이 올바른 시간의 흐름이라는 생각은 떨칠 수 없지만, 모두 함께 태양 빛을 '아침'이라고 부르는 것이 치카코는 싫지 않았다.

밖을 보니 태양빛이 이 별의 돌기 마냥 솟은 빌딩의 숲까지 스며들어왔다. 태양의 열기는 자신을 포함해서 이 별의 모든 곳을 비추고 있었다. 치카코가 멍하니 빛나는 별을 감상하고 있는데 벨이 울렸다.

"네?"

밖으로 나가 보니 안색이 좋지 않은 츠바키가 서 있었다.

"너무 취해서…… 기분도 안 좋고. 좀 쉬었다 가려고."

"나는 괜찮은데. 우리 집 근처에서 마셨어?"

"아니, 독서실 근처."

"그런데 여기까지 일부러 온 거야?"

어이가 없다는 듯 치카코가 웃었다. 독서실에서 치카코의 집까지는 전철을 타고 와야 하는 거리다.

"집에 가고 싶지 않아서."

츠바키는 조그만 소리로 중얼거리고 나서 치카코 이불 속으로 파고들었다.

"그런데 오늘이 무슨 요일이지?"

"토요일. 치카코 너는 항상 잠꼬대 같은 소리를 하더라. 벌써 11시야. 지금 일어났어?"

"응. 마침 잠이 깼네. 그럼 아침까지 마신 거야?"

"몰라…… 나도 모르게 잠이 들었어."

"흐음, 친구들이랑?"

"아니, 그, 독서실 아이랑. 왜 그랬는지는 모르지만 식당에서 같이 식사했어. 그것뿐이야."

"리호랑? 식당에서 그 시간까지 마셨다고?"

"공원에서 좀 더 마셨지. 잘 기억은 안 나. 그 애가 홧김에 술을 마시는 것 같아서 같이 마셔주다 보니 이렇게 취했네."

미간에 주름을 지으며 말하는 츠바키가 오히려 더 화가 나 있는 것처럼 보였다.

"무슨 일 있었어? 정말 오랜만이네. 츠바키가 이렇게까지 술을 마시다니."

"……그냥 좀."

"사실은 츠바키 네가 홧김에 술을 마신 거지?"

웃으며 물을 가져다주자 츠바키가 잔을 받아들며 고개를 살짝 끄덕였다.

"그 사람 어머니랑 나, 늘 옥신각신했잖아. 결국 헤어지고 말았지. 결혼을 전제로 사귀기 시작한 건데."

"아, 그랬구나."

"아이 문제로 조금 갈등이 있었어. 그쪽 부모는 핏줄을 아주 중요하게 생각하거든. 고리타분한 사람들이지."

츠바키는 난처한 표정으로 웃었다.

"약혼 전에 내가 임신을 잘할 수 있는지 어떤지 알아보고 싶어하는 거야. 꼬치꼬치 캐묻고 내 생리주기까지 물어보더라니까. 믿어지니?"

"음, 정말 심각했구나."

치카코는 예전에 츠바키가 버스 안에서 학원 선생님한테 추행을 당했을 때처럼, 심드렁하게 맞장구를 쳐줄 수밖에 없었다. 츠바키는 치카코의 베개에 얼굴을 박고 눈을 감았다.

"나는 며느리를 아이 낳는 도구처럼 말하는데 반감이 들었어. 부부 생활까지 관여하려고 하는데, 도저히 참을 수가 없더라고. 저쪽은 저쪽대로, 나보다 훨씬 젊고 예쁜 여자들은 얼마든지 있다고 뒤에서 그 사람한테 자꾸 바람을 넣는 것 같았어……. 집안이 좋으니 신경 쓸 것도 많구나, 어설프게 그렇게 생각한 거야. 하지만 그 사람을 너무 좋아해서 어떻게든 잘해보려고 했는데……. 나보다 자기 엄마한테 기우는 그 사람을 보고 아, 이건 정말 아니다, 생각했지."

"그랬구나."

"여자는 괴로워. 하지만 좋은 점도 많아. 그래서 지금까지 잘 살아온 건데, 갑자기 이렇게 충격을 받을 일이 생기네."

그 말을 마지막으로 츠바키는 잠에 곯아떨어졌다.

이렇게 함께 방에 있는데도 치카코는 츠바키와 다른 시간의 흐름 속에 있었다. 어느 쪽이 맞다가 아니라 양쪽 모두 올바른 시간이 흐르고 있었다. 같은 장소에 있는데도 다른 공간에 있는 것처럼. 그것이 조금 힘들 뿐이었다.

잠에서 깬 츠바키와 매실차를 뜨겁게 마시고 포도를 먹었다.

"밥도 있어. 뜨거운 물에 말아서 좀 먹을래?"

츠바키는 얼굴을 찡그렸다.

"화장실 좀 갔다 올게."

치카코는 변기에 앉아서 츠바키의 격한 불쾌감을 생각해 보았다. 가끔 구토를 하기도 하는데, 치카코에게는 그조차 토사물이라기보다 진흙으로 보였다. 심지어 배설물도 물과 진흙으로밖에 보이지 않았다.

그것을 생리적으로 더럽다고 하는 사람들을 보고, 역시 이 환상의 세계와 생리적으로 연결되어 있지 않는 자신을 느낀다. 진흙을 짜내는 바위로서의 감각이 강한 탓이리라. 육체가 아닌 물체의 감각. 그리고 그 물체란 무엇일까, 아무리 생각해보아도 역시 별이라는 결론에 도달할 뿐이었다.

화장실에서 나와 보니, 츠바키가 나갈 준비를 하고 있었다.

"이야기를 좀 하고 나니까 기분이 편해졌어. 이제 그만 가볼게."

"나도 독서실 갈 거니까 같이 나가자."

"넌 휴일에도 굳이 그 먼 독서실까지 잘도 다닌다."

츠바키가 질렸다는 듯 감탄스러운 투로 말했다. 집에 있으면 영원의 우주시간 속에서 별의 한 조각으로 굴러다니기만 할 뿐이다. 그것은 평온한 시간이기는 하지만 끝도 없는 거대한 시간의 흐름과 공간 속에서 정신까지 아득해져버린다. 사람들이 모인 곳에서 하루를 보내며 아침과 밤을 느끼는 편이 치카코에게는 기쁜 일이었다.

둘이서 집을 나와 사설 철도를 타고 독서실에서 가장 가까운 역으로 갔다. 독서실은 치카코 회사에서는 가깝지만 집에서는 전철로 40분 정도 걸린다. 옆을 보니 츠바키는 아직도 술이 덜 깼는지 눈을 감은 채 미간에 주름을 세우고 있었다.

그런 컨디션으로 일부러 전철을 타고 찾아온 츠바키의 어깨가 작아 보여서 입고 있던 카디건을 츠바키의 무릎에 덮어주었다.

환승역에 도착했다. 여기서 지하철로 두 정거장만 가면 독서실이 있다. 지하로 내려가려는데 츠바키가 불러세웠다.

"자전거가 있어. 태워줄 테니까 같이 갈래?"

"샀어?"

"훔쳤어."

번화가 뒷골목에 하늘색 자전거가 세워져 있었다. 짐칸은 없지만 바퀴 옆에 은색 쇠붙이가 달려 있어서 균형만 잘 잡으면 탈 수 있을 것 같았다.

열쇠를 꽂고 달리기 시작했다. 좌우로 휘청거리는 자전거에 놀라서 비명을 지르며 츠바키를 꽉 붙잡았다.

"츠바키, 둘이서 타본 적 없지? 좀 무서워, 무섭다고."

"힐을 신어서 페달을 잘 밟을 수 없어서 그래. 좀 참아봐."

"내가 운전할게."

"괜찮아. 그보다 주변 좀 잘 살펴봐. 경찰 있으면 말해. 들키기 전에 내려야 하니까."

"왠지 중학생 때로 돌아간 것 같아."

마음껏 소리를 내며 웃었다. 뒷골목을 달리는 사이 어느덧 독서실 앞에 도착해 있었다.

자전거에서 내리면서 츠바키한테 물었다.

"너도 갈 거야?"

츠바키는 고개를 가로저었다.

"아니, 오늘은 집에 가서 잘래. 또 전화할게."

대답을 하고 다시 힐로 페달을 밟으며 사라져 갔다. 츠바키의 집은 독서실에서 세 정거장 정도 되는데, 자전거가 더 편리할지도 모른다. 츠바키가 자전거를 훔치는 모습이 상상이 안 돼서 절로 웃음이 나왔다.

분명히 누군가한테서 빌렸을 것이다. 그건 그런데 츠바키한테는 자전거가 어울리지 않는다. 그 뒷모습을 보면서 츠바키의 아픔을 진정으로 이해할 수 없는 자신을 느꼈다. 그리고 그녀에게 아무것도 해줄 수 없다는 생각에 몸이 약간 잦아들었다.

금요일 밤은 회식이 있는 경우가 많다. 치카코는 이번 주는 독서실에 가지 않고 퇴근 후 동료들과 식사를 하기로 한 곳으로 향했다. 밤길을 걸으면서 샌들 물림쇠가 떨어져 있는 것을 보고 멈춰 서서 손을 봤다.

얼굴을 들자 앞서 가는 동료들이 보드라운 흙덩어리로 보이면서 순간 현기증이 일었다.

별 표면에서 소꿉놀이를 하고 있다는 생각이 갑자기 떠오른다. 이렇게 또다시 나만 소꿉놀이에서 깨어나는 것인가.

자신만이 문득, 여기는 아무것도 없는 모래사장이고, 접시 위에는 아무것도 없다는 것, 침대도 천정도 없다는 사실을 깨닫게 될 뿐이다. 사람들은 모두 치카코가 걸음을 멈추었다는 사실을 모른 채, 꿈속 세계에서 여유롭게 호흡하고 있다.

"어머, 아빠. 넥타이가 삐뚤어졌어요."

"엄마, 된장국 한 그릇 더 줘요."

그렇게 눈에 보이지 않는 국그릇을 받아들고 후루룩 들이

키고 있었다. 눈에 보이지 않는 먹을거리가 그녀들의 몸속을 흘러갔다.

지금 이 순간, 그야말로 그때와 똑같은 감각이었다. 아무것도 없는, 그저 별 표면에서 모두가 그것을 거리라고 부르며 소꿉놀이를 하고 있었다.

하지만 정말 여기는 표면이다. 회색 얼음처럼 삐죽 돋아 있는 돌기들이 늘어서 있고, 구멍들이 잔뜩 뚫려 있으며, 그 안은 텅 비어 있다. 그것이 규칙적으로 길게 이어져 있다. 그 위로 별의 조각들이 수없이 구르고 있다.

작은 빛이 구멍 속에서 점이 되어 빛나고 있었다. 에너지도 물처럼 맴돌고 있다는 할아버지의 말씀을 떠올렸다. 저건 지구의 에너지일 거야. 지구의 한가운데도 저런 식으로 빛나고 있으리라 생각하며, 돌기 속의 흰 빛을 바라보았다.

"치카코?"

누군가 부르는 소리에 정신이 퍼뜩 돌아왔다. 바로 조금 전까지 별의 표면에 구르는, 작은 조각으로밖에 보이지 않던 그것이 자신의 이름을 부르고 있다.

"멍하니 왜 그래. 얼른 가자. 저기 사람 많아서 자리 없을 수도 있어."

"미안, 미안."

서둘러 옆으로 뛰어갔다. 문득 돌아보니 모두와 함께 별 위에 생겨난 환상의 세계에서 '밤' 공기를 마시고 있었다.

"저 가게, 분위기가 너무 좋아서 사람들이 항상 북적거린 다니까."

그들의 언어를 멀찌감치 들으면서, 도대체 왜 이 사람들은 소꿉놀이에서 깨지 못하는지 생각했다.

토요일 아침부터 독서실로 갔다. 리호도 츠바키도 보이지 않아서 혼자 옥상에서 식사를 하고 있는데, 빌딩 아래로 이세자키가 보였다. 옆에 있는 유료 정원에 들어간 모양이었다.

이세자키와는 차를 한 번 얻어 마시고 나서 가끔 이야기를 하게 되었다. 그는 정원 자유이용권을 사서 기분 전환으로 자주 이용하고 있는 것 같았다.

그를 따라 치카코도 표를 끊어서 정원 안으로 들어갔다.

"안녕하세요."

말을 걸자 깜짝 놀란 이세자키가 돌아보았다.

"아, 안녕하세요."

"온실인가요?"

이세자키는 가볍게 웃으며 끄덕였다.

"잘 아시네요."

"위에서 보고 있었거든요. 곧장 온실로 향하시더라고요. 좋아하세요?"

"사실은 아주 좋아합니다. 식물도 좋아하지만 그 훈훈한 공기를 마시면 이상하게도 마음이 차분해지거든요."

"와, 이야기를 들으니까 저도 가보고 싶어지네요. 함께 가도 괜찮죠?"

잠시 생각에 잠기더니 이세자키가 이쪽을 바라보았다.

"온실도 좋지만 여기 야외에 의자가 있는 작은 식당이 있어요. 거기서 뭐라도 좀 드실래요?"

"좋아요."

"종이컵에 티백으로 우린 차이지만요."

"그럼 이세자키 씨는 싫어하지 않아요?"

"그건 그거대로, 딱히 싫지는 않아요. 가끔 와서 마시는데 나름대로 괜찮은 것 같아요."

너무 진지한 표정으로 말을 하는 바람에 치카코는 갑자기 웃음이 터져 나왔다.

머리 위로 나뭇가지들이 파도 일렁이는 소리를 내는 가운데, 치카코는 이세자키와 마주 앉아서 시폰 케이크를 먹었다. 이세자키를 따라 이 더운 날씨에 뜨거운 허브티를 주문하고 말았다. 이세자키는 녹차를 마시고 있다.

"이세자키 씨랑 있으면 어디라도 시골 툇마루가 되는 것 같아요."

"노인네 같다는 말씀이시죠? 자주 듣습니다. 그런 얘기…… 전에도 이런 이야기했던 것 같은데요."

"그러고 보니 처음 만났을 때도 이 말을 했네요. 정말 자주 듣나봐요."

"실은 그래요. 그다지 기분 좋은 말은 아닙니다만."

이세자키가 난처한 표정을 짓자 치카코는 소리를 내서 웃었다.

이세자키는 케이크 먹는 법도, 차를 마시는 방법도 늘 진지하고 정중했다. 고품격이라고 하기에는 무언가 다른, 소중하고 맛있게 한 입씩 맛을 보았다. 치카코는 이 케이크도 별의 한 조각이라는 생각이 들었지만, 이세자키를 보고 있으면 사람들이 공유하고 있는 이 환상 세계가 아주 분명한 장소처럼 느껴졌다.

이세자키의 앙상한 손가락이 조심스럽게 종이컵과 플라

스틱 포크를 다루는 동작 하나하나를 멍하니 보고 있었다.

"뭐가 좀 이상한가요?"

약간 당황스러운 표정으로 이세자키가 웃었다.

"아니요. 제가 좀 음식을 빨리 먹어요."

치카코의 접시는 이미 비어 있었다. 생각보다 큰 시폰 케이크를 먹느라 배가 잔뜩 불렀다.

"아, 제가 좀 늦게 먹는 편입니다. 사람들이랑 식사하면 항상 제가 맨 마지막이에요."

차를 마시고 나서는 이세자키와 함께 정원을 산책했다.

태양의 열기는 더욱 강해진 것 같았다. 문득 위를 올려다보니 상공의 대기는 새파랗다. 태양 광선 중에서 파장이 짧은 청색이 강하게 발산되고 있는 모습이 종종 보인다. 손을 대면 투명한 태양빛이 눈에 보이는 것이 신기해서 치카코는 멍하니 푸른 하늘을 바라보고 있었다. 할아버지가 자주 툇마루에 누워서 하늘을 올려다보며 설명을 해주었다. 그래서 '하늘'이라는 감각은, 치카코에게 약하고 눈에 보이는 상태의 태양 광선이었다.

문득 자신이 서서히 별 속으로 가라앉는 것 같은 느낌이 들자, 황급히 앞서가고 있던 이세자키에게 달려가 셔츠 자락을 잡았다.

"왜 그러세요?"

아무렇지 않다는 듯 이세자키가 물었다.

"별일 아니에요."

머리를 가로저으며 더욱 힘을 주어 이세자키의 옷자락을 움켜쥐었다.

"저……."

"죄송해요. 주름이 생겼죠."

"아니요. 그건 괜찮아요."

셔츠에서 손을 떼자 이세자키가 치카코를 바라보았다. 특별할 것도 없는 셔츠의 주름 모양이 너무 멋스러웠다. 천 안쪽의 육체가 셔츠에 멋진 주름을 만들고 있다고 생각하자, 문득 아까까지 옷자락을 잡고 있던 손가락이 뜨거워졌다.

옥상에서 문자를 보내고 있던 츠바키가 휴대전화에서 고개를 들어 이쪽을 보았다.

"리호 씨, 지금 화장실에 있대. 곧 올라온다는데."

츠바키는 리호를 언제부터인가 '리호 씨'라고 불렀다. 그리 호의를 갖지 않고 있는 상대에 대해 츠바키는 늘 거리를 두기 때문에 리호를 그리 좋아하지 않는 건지도 모른다. 하지만 어쨌든 저녁 식사 때가 되면 변함없이 말을 걸고 깊은 대화도 한다.

싫어한다기보다 초조해하면서도 다가가고 있는 느낌이 들었다.

동성 친구가 별로 없다고 스스로 말하는 츠바키로서는 상당히 고무적인 일이었기 때문에 어쩌면 좋은 친구가 될 징후인지도 모른다고 치카코는 생각했다.

어제는 두 사람 모두 보이지 않더니, 일요일인 오늘, 츠바키는 아침부터 독서실에서 공부를 하고 있었다. 리호도 점심 전에 모습을 보여서 오랜만에 밤이 아닌 오후의 강렬한 햇살 아래에서 식사를 했다.

리호를 기다리면서 츠바키는 평소보다 더 열심히 선크림을 바르고 양산까지 폈다. 혼자 짙은 그림자 속에 있는 츠바키를 치카코가 힐끗 올려다보았다.

"저기 있잖아. 심장이 쿵 떨어지는 느낌. 몸이 뜨거워지는 느낌. 누군가와 함께 있을 때 그런 느낌이 드는 거, 왜 그런 거 같아?"

츠바키는 얼굴을 찡그리며 이쪽을 돌아보았다.

"그런 시적인 표현 너무 썰렁하지 않니? 무슨 노래 가사 같기도 하고. 사랑의 세레나데, 뭐 그런 거 아니야?"

"역시 그렇지."

치카코는 심장을 꾹 눌러보았다.

'이것이 연애의 육체적 감각일까.'

이토록 강하게 별이 아닌 인간으로서의 육체 감각이 자신에게 찾아온 것은 실로 처음인지도 모른다.

배설을 하고 있을 때는 별을 맴도는 물이 순환하면서 자신을 통과하는 것이라고 느꼈다. 태양빛이 약해서 추워질 때는 태양열이 아닌 우주의 온도에 조금 다가가고 있는 것이라고 생각했다. 잠을 잘 때는 자신이 생물이 아닌 물체라는 강한 확신이 있었다. 인간으로서의 육체적 감각은 고작해야 공복감 정도일 뿐, 나머지는 거의 별의 한 조각으로서의 물체 감각이었다. 그것은 인간의 육체 감각에 비하면 약할지도 모르지만, 또렷하게 생리적으로 치카코에게 뿌리 내리고 있었던 것이다.

줄곧 그 상태에 익숙해져 있는데, 갑자기 인간의 강력한 생리적 감각이 찾아와서 치카코를 당황하게 했다. 환상 세계 속의 감각으로 보자면 너무나 명확하고 또렷했다.

멍하니 생각에 잠겨 있는 치카코를 바라보고 있던 츠바키가 말을 꺼내려고 하는 순간, 발소리가 들렸다.

"늦어서 죄송해요."

리호는 언제인가부터 가발을 쓰지 않았다. 검은 머리일 때와는 조금 인상이 다른 얇고 가는 머리카락을 뒤로 쓸어 올리며 치카코 옆에 앉았다.

"괜찮아. 그럼 먹을까."

한동안 아무런 반응도 없이 식사를 하고 있는데, 불현듯 미지근한 바람이 불어와 리호의 셔츠가 날렸다. 그 안에 입은 검은색 톱이 참 덥겠다 생각하면서 멍하니 보고 있는데 츠바키가 말을 꺼냈다.

"이런 날 그렇게 두꺼운 곳을 입고 있으면 빈혈 일으킬 텐데."

"이 톱을 입고 있어야 지금의 제게는 자연스러운 상태니까요."

리호가 머뭇거리며 대답했다.

"이제 네가 하는 말은 듣기 싫어."

"츠바키!"

조금 심하다 싶은 말투에 느닷없이 타박을 주는 목소리가 터져 나왔다. 하지만 솔직히 치카코도 어딘지 모르게 리호를 그렇게 느끼고 있었다.

왜 그런 문제에 그렇게 얽매여서 괴로워하고 있는 걸까. 성별 같은 것이 정말 이 세계에 있는지조차 알 수가 없는 치카코로서는 도무지 이해할 수가 없었다.

성별 따위는 소꿉놀이를 할 때 필요한 단순한 규칙일 뿐이다. 일시적인 꿈일 뿐이다. 리호가 고민하면 할수록 그녀가 틀림없다고 확신하는 상식의 존재를 느낀다. 세상 밖은 얼마든지 넓게 펼쳐져 있는데 왜 그토록 고민하며 그 안에만 머물고 있는 것일까.

츠바키가 얕은 한숨을 쉬면서 리호를 날카롭게 쳐다보았다.

"솔직하게 말해주는 편이 좋아. 혼자서 고민해봤자 그 세계에서 벗어날 수 없어."

'또 시작이네' 치카코는 생각했다. 리호와 츠바키는 항상 이런 식으로 언쟁을 벌인다. 그런 일로 굳이 싸울 필요가 없는데. 치카코는 푸른 하늘을 올려다보았다.

"치카코 씨도 제가 어리광을 피우고 있다고 생각해요?"

갑자기 질문을 받고 당황하던 치카코가 고개를 돌려보니 다급한 표정의 리호가 도시락에는 거의 손도 대지 않은 채 몸을 쑥 내밀며 다가왔다.

'역시 그녀에게는 중대한 문제구나.'

그제야 사태의 심각성을 깨달았지만 치카코는 애매하게 말끝을 흐렸다.

"음, 글쎄……."

치카코는 지그시 리호의 몸을 쳐다보았다. 성별이라는 것이 존재한다는 신념을 결코 굽히지 않는 리호에게 무슨 말을 해야 할지 떠오르지가 않았다.

"글쎄, 어려운 이야기는 내가 워낙 약한 분야라서."

얼버무리고 있는데, 츠바키가 일어섰다.

"난 그만 가볼게."

사라져가는 츠바키를 보며 리호가 중얼거렸다.

"츠바키 씨는 제가 싫은 거예요."

"그렇지는 않은 것 같아. 츠바키도 여자로서의 힘겨운 감정은 있거든. 극복하는 방법이 대조적일 뿐이지. 그러니까 자꾸 트집을 잡고 시비를 거는 거야."

"치카코 씨는 그런 적 한 번도 없어요?"

"없지. 단 한 번도. 그렇게 느낀 적 없어 나는."

"그렇군요. 그래서 그렇게 자연스러운가 봐요. 정말 부럽네요.”

치카코는 스커트에서 삐져나온 무릎에 붙은 모래를 털어내며 말했다.

“어릴 때 소꿉놀이할 때, 모두 둥글게 앉아서 밥 먹는 흉내를 내잖아.”

“네.”

무슨 말을 하고 있는지 모르겠다는 표정으로 리호가 맞장구를 쳤다.

“그게 말이야. 언니 역할을 맡은 아이가 막내 역할을 하는 아이의 과자를 먹는 시늉을 하면 그 아이가 악을 쓰며 울지. ‘으앙, 언니가 내 과자 먹었어’ 이러면서. 그러면 엄마 역을 맡은 아이가 ‘그래 그래, 우리 아가’ 하면서 아이를 달래주는 거야.”

“그게 무슨 말이에요?”

“우리 모두 야금야금 공기를 먹고 있을 뿐이야. 누군가가 ‘너는 아무것도 뺏기지 않았어. 그냥 공기니까’ 하고 말해주면 그걸로 끝날 텐데, 막내 아이는 ‘언니, 싫어’ 하면서 진짜로 울어버리니까 모두들 놀라서 달려들어 달래고 어르고 하는 거지. 나만 멍하니 있다가 배가 고파서 빨리 집에 가고 싶다고 생각했어."

그때와 똑같은 감정이었다. 소꿉놀이는 언제까지고 계속된다. '이제 끝났다' 하고 말하면 끝날 텐데 아무도 그 말을 하지 않는다. 치카코도 그 말을 하면 그녀들의 중요한 무언가가 무너져버릴 것 같아서 말을 할 수가 없다. 리호에게도 역시 말을 하지 못하고 그저 웃으며 리호를 올려다보았다.

"아무것도 아니야. 별 의미 없는, 그냥 생각나는 이야기가 있어서 그래. 이렇게 모여서 밥을 먹으면 그런 생각들이 나거든."

"치카코 씨도 자기만의 세계가 있어요."

"응, 그런 말 많이 들어."

"저도 이제 갈게요."

거의 손도 안 댄 플라스틱 도시락 뚜껑을 닫고 리호가 일어섰다.

"식사 제대로 하지 않으면 더위 먹어."

말을 건넸지만 리호는 고개만 살짝 끄덕일 뿐이었다.

혼자 남겨진 치카코는 옅은 푸른빛 하늘을 바라보았다.

역시 이러고 있으면 태양과 마주하면서 그 별의 열기를 쐬고 있는 것만 같다. 그 감촉은 정말 기분이 좋다. 하지만 모두에게 햇살은 좀 더 특별한 의미를 갖고 있는 모양이다. 치카코는 그것을 본능적으로는 이해할 수 없었다.

눈을 감았다. 태양의 열기는 치카코의 표면을 데우고 있었다. 보통 사람들처럼, 그것을 따스한 한낮의 빛이라고 느낄 수가 없는 것이다. 그것은 어쩌면 차가운 것이 아닐까 생각하면서 멍하니 태양이 내뿜는 빛을 향해 손가락을 뻗었다.

오늘은 점심때부터 이세자키와 요코하마에 있는 식물원까지 그가 좋아하는 온실을 보러 갔다가 여러 가지 라멘을 맛볼 수 있는 테마파크에 와 있다. 치카코의 요청에 따른 것이다.

이세자키와는 정원에서 차를 마신 후 부쩍 가까워져서 가끔 문자를 주고받기도 하고 저녁 식사를 함께하는 사이가 되었다.

"좀 제대로 된 식사를 대접해야 하는데, 여기서 드셔도 괜찮겠어요?"

"꼭 한번 와보고 싶었어요."

"라멘을 좋아하시나 봐요?"

"아니요. 여기에 가짜 하늘이 있죠."

"하늘……?"

이세자키는 의아한 표정으로 위를 보았다. 거기에는 그림이 그려진 푸른 하늘과 구름이 조명을 받아서 저녁노을처럼 펼쳐져 있었다.

"이것을 한번 보고 싶었거든요."

치카코는 천정에 그려진 하늘을 바라보았다.

치카코는 사람이 만든 가짜 세계를 좋아했다. 그곳이라면 환상 세계의 주민들과도 환상을 공유할 수 있기 때문이다.

하늘이 있고 거리가 있고 멀리서 사이렌 소리가 들렸다. 여기는 가공의 거리다. 치카코에게는 이 테마파크의 바깥세상도 환상의 거리에 불과했다. 하지만 여기라면 가짜라는 것을 알면서도 모두와 함께 즐길 수 있다.

"왠지 처음으로 하늘을 보는 기분이 들어요."

모두가 공유하고 있는 환상이 보여주는 '하늘'이란 이런 것일까 생각하면서 치카코는 가짜 하늘을 올려다보았다. 그것은 항상 치카코가 보고 있는, 푸른빛이 반사해주는 것뿐인 태양의 빛이 아니었다. 빛은 조금씩 약해지더니 저녁 무렵부터는 어슴푸레한 밤의 색깔로 변했다.

치카코는 문득 남색으로 물든 하늘로 손을 뻗었다. 가공의 하늘이 끝없이 이어지고 있는 것 같았다. 그리고 그런 세계 안에서 모든 이들도, 이세자키도 살아가고 있었다.

"그렇게 하늘을 좋아하시면 밖에서 먹을 수 있는 식당으로 옮길까요?"

이세자키는 여러 개의 라멘집 가운데서 딱 한 세트의 테이블과 의자만 내놓은 곳을 골랐다. 치카코와 이세자키는 그림과 조명이 만든 하늘 아래서 라멘을 후루룩 먹었다.

"맛있네요."

가짜 저녁노을에 물들어 옅은 자줏빛으로 변해버린 이세자키가 잔잔히 미소 짓는다.

이세자키는 라멘 먹는 법도 정중했다. 이 세계를 소중히 대하고 있는 그를 보고 있으면 이곳이 정말 명확한 장소처럼 느껴졌다. 이세자키의 손가락 끝은 이 세계의 모든 것을 부드럽고 소중하게 만진다. 그의 손끝이 닿을 때마다 이 세계가 확실한 것이 되어 가는 느낌이 들었다.

이세자키의 셔츠 주름을 보는 순간, 그것을 만지고 싶은 마음이 생겼다. 몸을 훔쳐보니 목과 팔과 등의 모공이 전부 열려서 땀이 나오기 직전 같은 상태 그대로 피부가 정지해버렸다.

속에서 액체가 나오지 않은 탓인지 피부가 놀라울 정도로 뜨겁다.

심장과 아랫배가 쪼여 드는 느낌이 들었다. 배꼽보다 훨씬 아래쪽이 뒤틀린 것처럼 미세한 통증이 느껴졌다. 아마도 자궁이 뻐근해진 때문인지도 모른다.

그 하나하나의 체감을 은밀히 느끼면서 맥주를 입에 흘려 넣었다.

이것이 인간의 육체 감각일까. 초경 때조차 느껴보지 못했던 그것들을, 치카코는 천천히 확인하듯 느끼고 있었다.

별의 한 조각으로서가 아닌 인간의 육체 감각이 이렇게 강렬하게 자신에게 발생하는 날이 오리라고는 한 번도 생각해 본 적 없었다.

죽순을 입에 넣고 우롱차에 손을 뻗는 이세자키의 얼굴을 바라보고 있는데 진지한 표정의 그가 이쪽을 쳐다보았다.

평소에는 함께 맥주를 마시는데, 오늘은 우롱차만 마시고 있었다. 왜 그런지 묻고 싶다고 느끼는 순간, 이세자키가 입을 열었다.

"저는 이런 분위기에 익숙하지 않아서요. 우리 사귀어보지 않을래요?"

이세자키의 얼굴을 쳐다보았다.

"물론 억지로 강요하지는 않습니다. 히라오카 씨와 있으면 마음이 편안해지고, 차를 함께 마시는 좋은 벗이 되면 좋겠다는 생각이 들었을 뿐이에요."

"차를 마시는 친구."

치카코가 웃었다.

"그런 거라면 지금도 우린 친구잖아요."

"그렇군요. 그러니까 좀 더 가까운 친구가 되고 싶습니다. 일상을 함께 지낼 수 있는."

"저, 연인이 되자는 말씀이시죠?"

"그렇습니다."

치카코는 잠시 생각에 잠기더니 이세자키를 지그시 바라보았다.

"그럼 우선 섹스를 해 보고 나서 결정하면 안 될까요?"

이세자키는 너무도 당황스러운 표정으로, 젓가락을 쥔 채 몸이 굳어버렸다.

"중요한 문제라고 생각해요."

"물론 중요하기는 하지만."

이세자키는 손에 들고 있던 젓가락을 입으로 가져가서 씹는가 싶더니 이내 얼굴을 찡그렸다.

"너무 놀라서, 젓가락을 먹어버렸어요. 좀 이상하네요, 히라오카 씨."

"아니, 그게 아니라, 확실하게 확인을 하는 편이 좋을 것 같아서요."

"확인이라니, 뭘요?"

"제대로. 우리 사이에 섹스가 성립하는지 어떤지."

"괜찮을 겁니다. 분명히."

"아뇨, 해 보는 게 나을 것 같아요. 제가 조금 이상하게 보일지 모르지만. 그래도 확인해보고 싶어요."

치카코는 맥주잔을 꽉 쥐었다. 심장이 쪼그라드는 감각은 확실히 존재했다. 어릴 때 초경이 오면 소꿉놀이 속에서 육체를 갖게 되고, 그 세계야말로 자신의 현실이 되지 않을까 생각했다. 하지만 그렇게는 되지 않았다.

인간인 채로 섹스를 할 수 있을까. 별의 한 조각으로서가 아닌 인간으로서 섹스를 할 수 있다면, 언제까지고 이어지는 소꿉놀이 속에서 자신도 육체를 가질 수 있을까.

아픔마저 사랑하듯 옷 위로 심장을 쓰다듬었다. 그 안에는 확실히 강한 압박감이 있었다.

그 압박감을 한 번만 믿어보고 싶었다.

오늘은 회사에서 잔업이 있어서 독서실로 가지 않고 귀가하는 중이었다. 역으로 가고 있는데 츠바키에게서 전화가 왔다.

"리호 씨한테서 전화 안 왔어?"

"안 왔는데, 왜 그래?"

잠시 사이를 두고 츠바키가 작은 소리로 말했다.

"내가 조금 심하게 말을 한 것 같아서. 혹시 보면 말 좀 잘 해줘."

"무슨 일 있었어?"

"그렇게 심각한 일은 아닌데, 매일 하던 말싸움 같은 거야."

갑자기 가슴이 두근거려서 그 길로 지하철을 타고 독서실로 향했다.

벌써 밤 11시, 독서실 끝날 시간이 가까워서 그런지 사람은 별로 없었다. 자리에는 리호가 새파랗게 질린 얼굴로 기도하듯 마주 잡은 손에 이마를 대고 있었다.

식은땀 범벅이 된 리호를 택시에 태워 함께 집으로 돌아오면서, 치카코는 고통스러운 듯 떨고 있는 리호의 옆모습을 슬쩍 훔쳐보았다. 성별을 벗기는커녕, 무성이라는 성별을 다시 입고 있는 리호를 보면서 좀 더 일찍 말리지 못했던 것을 후회했다.

택시의 요동으로 조금 편안해졌는지 리호는 눈을 감았다.

리호의 가느다란 손가락을 쥐면서 분명히 자기도 이세자키와 섹스를 실패할 것 같다는 생각을 했다.

작은 목소리로 연신 중얼거리던 리호의 음성이 점점 거칠어지는가 싶더니 어린아이의 어리광처럼 도무지 멈출 기미가 보이지 않는다.

"독서실에서…… 배로…… 어딘가 멀리…… 자유로운 곳으로 나가고 싶었어요……. 나에게는…… 노아의 방주……였거든요……."

"그래, 그래."

치카코는 리호의 거친 노래에 그저 맞장구를 칠 뿐이었다.

'노아의 방주라…….'

그 말만 이상하게 귓전에 남았다. 치카코에게도 독서실은 방주였는지 모른다. 밖에서는 우주가 삼켜버려서 붕괴된 환상의 세계가 이 안에서만큼은 이어지고 있으니까. 비록 밤 11시가 되면 독서실에서 쫓기듯 나오지만, 이 세계에 있고 싶다는 마음만 있으면 얼마든지 이곳을 다닐 수 있으니까.

한 걸음 밖으로 나가면 모두가 말하는 '세계'는 붕괴되어 버린다. 이 안에서만 계속 어슬렁거리고 있는 것이다.

얕은 잠 속을 떠다니고 있는 리호를 집까지 데려다주었다. 단지 앞까지 오자 리호는 머리를 깊숙이 조아렸다.

"여기서 이만…… 감사합니다……."

"너무 심각하게 생각하면 안 돼."

주머니에 손을 찔러 넣으며 농담처럼 말을 건네자, 리호는 눈을 내리깔고 쉰 목소리를 냈다.

"……네."

그 소리가 울먹이는 것처럼 들려서 무언가 말을 건네보려 했지만, 리호는 이미 단지 속으로 빨려 들어갔다.

한숨을 내쉬며 돌아오려고 뒤를 돌아보았다. 문득 잿빛 광경에 시선을 빼앗겼다. 그것은 언젠가 보았던 달 표면을 찍은 사진과 흡사했다. 역시 이곳은 별 표면이라고 생각한 순간, 그곳은 단지라는 빌딩 거리가 아니라 울퉁불퉁 요철의 달과 똑같은 광경으로 돌아와 있었다.

토요일 오후, 이세자키의 방을 찾았다. 그 방은 상상했던

대로 청결한 온돌방이었다.

“쇼와 느낌이 나네요.”

“그런 말 많이 듣습니다.”

이세자키는 웃으면 눈가에 주름이 진다. 그 모습이 참 보기 좋다고 생각하면서 치카코는 창밖을 바라보았다. 밖에는 옆집 담장이 있을 뿐이라고만 생각했는데, 자세히 보니 집과 집 사이 좁은 틈에 작은 대나무가 자라고 있었다.

“이세자키 씨는 참 정성스럽게 살아간다는 느낌이 들어요. 세상을 소중히 여긴다고 할까. 그런 점이 좋아요.”

“히라오카 씨는 정성스럽지 않나요?”

“아마도요.”

“그렇게 안 보이는데요.”

하고 말하면서 이세자키가 방석을 내밀었다.

“여기 앉으세요.”

“아, 네. 감사합니다.”

자리에 앉아서 차를 끓이는 이세자키의 뒷모습을 보고 있었다.

마주 앉아 차를 마시고 있는데 이세자키가 입을 열었다.

“히라오카 씨, 혹시 성행위가 부담스러우신 건가요?”

"네?"

얼굴을 들자 이세자키는 천천히 차를 마시며 담담하게 말을 이어갔다.

"그렇다면 저는 강요하지 않을 겁니다. 애써 무리할 일이 아닌 것 같아요."

잠시 생각에 잠기다가 치카코가 대답했다.

"아니요. 아마도 아주 좋아할걸요."

"좋아한다고요?"

"제게는 아주 중요한 행위거든요. 하지만 저는 잘 못해서 아마 이세자키 씨와도 잘 안 될 거예요. 사귀기 전에 분명히 알려드려야 할 것 같아서요. 정말 중요한 거잖아요?"

속마음은 인간인 채로 인간과 잘할 수 없다고 말하고 싶었지만 그것만큼은 피하고 싶어서 말끝을 흐렸다.

"좋아는 하는데 잘 못한다는 말씀인가요."

이세자키는 납득이 가지 않는다는 표정으로 고개를 가로저었다.

"사람의 몸에 대해서는 어떻게 해야 할지 잘 모른다고 해야 할까요……."

치카코는 이세자키에게 다가가서 물끄러미 올려다보았

다. 이세자키의 손길이 닿았을 때 특유의 육체 감각은 분명히 있었지만, 그곳에 떠다니는 느낌만 있을 뿐 실제로 어떻게 해야 할지 몰라서 치카코는 낮게 물었다.

"이세자키 씨는 알아요?"

차를 내려놓고 이세자키는 조용히 치카코의 머리카락을 만졌다.

"알 것 같아요."

이세자키와 함께 천천히 다다미 위에 누웠다.

"괜찮으세요?"

바닥이 아프지 않은지 묻는 줄 알고 치카코는 끄덕였다.

"네, 다다미 좋아해요. 하나도 아프지 않아요."

"아니, 그게 아니라, 그거 말입니다."

이세자키는 순간 주저하는 것 같다가 이내 결심을 한 듯 천천히 입술을 가져왔다.

살포시 눈을 뜬 채 이세자키의 입술과 치카코의 입술이 포개졌다. 잠시 후 무언가 촉촉한 감촉이 입술에 닿았다. 그것이 이세자키의 혀라는 것을 알기까지 몇 초가 걸렸다. 그 감촉은 혀라기보다 촉촉하고 보드라운 풀이랄까, 거기에 더 가까웠다.

혀로 핥았을 때 느끼는 성적 쾌감도 기억하고는 있지만 지금은 아침 이슬에 젖은 풀밭을 맨발로 밟고 있는 것 같은 신비로운 행복감을 느끼고 있었다.

치카코는 이세자키를 올려다보았다. 피부에 열린 구멍으로 물이 보였다. 입술 틈으로 보이는 어둠에 물이 반사되고 있었다. 자세히 보니 그의 눈도 어렴풋이 물로 덮여 있었다.

'이 피부 속 액체는 언젠가 비가 되고 마실 물이 되어 내 안으로 흘러들어 오겠지.'

역시 치카코는 그렇게 느끼고 있었다. 심장의 묵직한 아픔만이 '그게 아니라 너는 인간이야'라고 치카코에게 말을 걸고 있었다.

그 아픔이 파열되어 별의 한 조각으로서의 감각이 사라질 때, 자신은 이 환상 세계의 주민이 될 수 있을지도 모른다. 가슴의 통증에 기대듯 치카코는 자기 옷 앞자락을 움켜쥐었다. 그것이 별이 아닌 인간으로서의 마지막 한 곳이었다.

이세자키는 문득 이상하다는 표정으로 이쪽을 쳐다보았다.

"왜 그러세요?"

치카코가 묻자 이세자키는 애매하게 살짝 웃어 보였다.

"왠지 치카코 씨가 먼 곳에 있는 듯한 느낌이 들었어요."

"가끔 그런 말 들어요."

눈앞에 있는 이세자키가 치카코에게도 멀게 느껴졌다. 만나서 대화를 나눌 때는 그렇지 않은데 이렇게 몸을 맞대고 있으니 마법이 풀려서 이세자키가 별의 한 조각으로 돌아가 버린 것만 같았다.

치카코는 이세자키가 육체라는 것을 느끼기 위해 체온을 찾아 그의 몸속으로 손을 찔러 넣었다. 어디든 따뜻한 느낌이 마치 지구 표면에 손을 대고 있는 것과 똑같은 감각이다.

살갗 속을 들여다보고 싶다는 생각에 허둥지둥 이세자키의 뺨에 손을 가져가서는 입술 안으로 손가락을 넣었다. 그 촉촉하고 따스한 감촉은 마치 진흙을 반죽하고 있는 것 같았다.

따라 하듯 이세자키의 손가락이 다가와서 치카코의 입술에 닿는다. 그것은 이미 손가락이 아닌지도 몰랐다.

스커트 속 성기에 서서히 손길이 닿고 다리 사이로 물소리가 들려왔다. 자신의 몸에서 울리고 있는 소리인데도 마치 어릴 때 장화를 신고 물웅덩이를 밟고 놀던 때의 소리를 닮았다. 치카코의 육체도 진흙 웅덩이로 변하고 있는 것 같았다.

아까까지 그곳에 있었던 '세계'는 천천히 우주로 빨려 들어가고 있었다. 별의 한 조각으로서의 물체 감각이 육체 감각을 조용히 뭉개버리고 있다.

우주는 홍수를 일으키고, 평소 같았던 세계를 파괴해버린다. 머리 한구석으로 치카코는 멍하니 생각에 잠겨 있었다.

미적지근한 덩어리가 질펀한 그곳으로 파고드는 것을 느끼며 올려다보자, 그곳에 있는 것은 이세자키가 아니라 오렌지를 벗긴 것 같은 연한 황토색 자그마한 운석을 닮은 물체가 덮쳐 있었다.

그보다 조금 하얀, 노란 빛이 강한 또 하나의 별 조각이, 서로 뒤엉키듯 운석에 감겨 있었다.

우리는 서로 겹쳐진 별과 별이었다.

드디어 미지근한 물이 흘러들어 오는 감촉이 있었다. 그것은 특별한 물이라고 생각하면서 치카코는 눈을 가늘게 떴다. 운석에서 스며 나온 물이 별의 한 조각인 자기 안으로 스며들어온다. 힐끗 주위를 살피자 어슴푸레한 어둠 속에 거울이 보였다. 거기에는 분화구에 구르는 두 개의 별 조각이 있을 뿐이었다.

다다미 위에 타월 천으로 만든 이불 한 장을 깔고 잠들어 있는 이세자키의 뺨을 검지로 쓰다듬었다.

소꿉놀이는 역시 현실이 아니었다. 육체 감각은 물체 감각보다 우월할 수 없었다. 결국 치카코의 현실은 별 안에 있을 뿐이었다.

'안타깝다'라고 치카코는 생각했다. 그리고 천천히 일어나서 옷을 입고 밖으로 나왔다. 태양 광선은 별 표면을 벗어난 채, 우주가 둥글게 보였다.

요철이 이어지는 잿빛 별의 표면을, 치카코는 고요히 굴러가고 있었다.

치카코는 기억을 더듬어 택시를 타고 행선지를 알려주었다.

"아, 거기 공원 안쪽이에요. 그렇죠, 그렇죠."

차에서 내리니 리호가 살고 있는 단지가 보였다.

우편함을 살펴보니 502호 같았다.

벨을 누르자 "누구세요?" 남동생으로 보이는 목소리가 들렸다.

"리호 씨, 있나요?"

"누나."

잠시 후 티셔츠 차림의 리호가 나타났다.

"치카코 씨."

"잘 있었어? 등교 거부 중이라서."

"무슨 볼일이라도."

"날씨가 너무 좋아서, 어디 소풍이라도 가지 않을래?"

태평하게 용건을 밝히자, 리호가 어이없다는 듯 말했다.

"소풍요?"

"그래. 어디 멀리 가고 싶지 않아? 함께 가지 않을래?"

"무슨 일이에요, 갑자기."

치카코는 난처한 표정을 잠시 짓다가 피식 웃었다.

"나도 실패했거든. 우리 둘이서 어디 상처 치유 소풍을 가야 할 것 같아서."

리호는 미간을 찌푸렸다.

"위로해주는 건 고마운데, 저 괜찮아요. 그 정도로 상처 받지도 않았고, 절망스럽지도 않아요. 그럴 기분도 아니고요."

"어머, 소풍 싫어해?"

"그런 식의 위로가 더 싫어요. 지금은 그냥 내버려둬요."

치카코는 어깨를 들썩거렸다.

"유괴라도 할까? 어서 나와. 맛있는 거라도 좀 먹자."

리호는 떨떠름한 얼굴로 따라나섰다.

"잠시만이에요. 금방 돌아올 거예요."

던지듯 벗어두었던 파카를 집어 들고, 현관에 굴러다니는 큼직한 비치 샌들을 신으면서 리호가 낮은 목소리로 말했다.

리호. 3

리호는 눈앞에 흐르는 낯선 풍경을 멍하니 바라보고 있었다. 어느 사이엔가 풍경은 빌딩이 즐비한 거리가 아니라 너무 먼 곳으로 와 있는 것 같은 기분이었다.

손에 이끌려서 휴대전화도 지갑도 챙기지 않고 집을 나와서 비치 샌들만 달랑 신은 채 터덜터덜 여기까지 와버렸다. 빈손으로 전철을 타다니, 어릴 때 부모님을 따라왔을 때 이후 처음이라서 왠지 신기한 감각이 느껴졌다.

옆에서 바깥 풍경 구경에 심취해 있는 치카코에게 리호가 물었다.

"어디 가는 거예요?"

"글쎄, 어떻게 할까."

한가로운 대답만 돌아왔다. 보아하니 치카코도 이렇다 하게 정확한 목적지가 있는 것 같지 않았다.

지갑이 없으니 치카코와 헤어지면 집에 갈 방법이 없다. 그렇게 생각하니 조금 불안하긴 했지만 옆에 있는 치카코는 마치 집 정원에서 해를 올려다보는 것 같은 포즈로 하늘을 올려다보며 눈을 가늘게 뜨고 말했다.

"아, 눈부시다."

밖에는 공장지대가 펼쳐져 있었다. 절경이라고까지 할 수는 없지만 그래도 집 주변에 비하면 훨씬 하늘이 넓어 보인다.

"먹을래?"

치카코는 캐러멜을 꺼냈다. 리호는 고개를 끄덕이고 한 개를 받아서 입에 넣었다. 치카코의 주머니에는 다양한 맛의, 녹아서 눌러 붙은 티롤 초코와 같은 군것질거리가 가득 들어 있었다.

"한참 동안 밖에 나가고 싶지 않았는데, 밖에 나가면 돌아가고 싶지 않을 거 같아요. 그래서 어디에도 가고 싶지 않은 거예요, 나."

캐러멜을 빨아 먹으면서 작은 목소리로 중얼거렸다.

어디에도 가고 싶지 않고, 어디로도 나아가고 싶지 않다. 이제 이대로 어떤 성별에도 속하지 않고 웅크려 있고 싶었다.

치카코는 초코칩 쿠키를 먹으면서 이쪽을 올려다보고 있었다. 치카코에게는 보통 사람들이 무겁게 받아들일 만한 이야기를 들어도 아무렇지 않게 흘려버리는 부분이 있다. 리호는 좀 더 어리광을 부리고 싶어서 말을 이었다.

"이제 됐어요. 어디에도 출구는 없었어요. 큰 바다로 나가는 배인 줄 알고 들어갔던 장소가 실은 막다른 길이더라고요. 그래서 돌아갈 수밖에 없어요. 이제 모든 걸 알았어요."

"와, 그래?"

"무언가 있을 거라는 말 거짓말이죠, 치카코 씨. 위로해주려고 그러는 거 같은데, 그럴 기분 아니에요. 어디를 가도 고통스러울 뿐이니까요. 더 이상 나아가고 싶지 않아요."

아무리 혼자 중얼거리는 말이라지만 밉상으로 들릴 법한 어리광 섞인 리호의 하소연은 안중에도 없다는 듯, 연한 베이지색 꽃무늬 스커트 위에 떨어진 과자 부스러기를 털어내며 치카코가 말했다.

"상처 치유 소풍이란 그럴 때일수록 필요하지 않아? 좀 맞춰줘. 리호가 아니라 내가 좀 이런저런 일이 있어서 그래.

누가 되었든 떠나고 싶어. 아, 아니다, 유괴한 거였지."

치카코는 웃으며 전철 좌석에 기대앉아서 관자놀이를 창에 대고 밖을 바라보았다.

"그런데 대체 어디를, 왜 가는 거냐고요. 특별히 목적지가 있는 것도 아니잖아요, 치카코 씨."

"비밀이야."

"어디 놀러 가는 거예요?"

잠시 사이를 두고 치카코가 대답했다.

"아니, 놀이를 그만두러 가는 거야. 모두가 하고 있는 놀이를 그만 하려고. '끝났다' 하고 함께 외치고 싶지 않아?"

치카코의 입김 때문에 창문이 뿌옇게 서렸다. 리호는 바깥 광경이 뿌옇게 되는 것을 보며,

"치카코 씨는 왠지 놀이 시간이 끝나도 계속 놀고 있을 것 같은데요."

하고 어깨를 움츠렸다.

"리호 씨, 너무 태평한 거 아니야? 유괴당한 주제에. 어릴 때 선생님 말씀 못 들었어? 한눈 팔다가 방심하면 두 번 다시 집에 돌아올 수 없을지 모른다고."

치카코의 꽃무늬 스커트와 저녁노을 같은 오렌지색 매니

큐어를 칠한 손톱 끝이, 샌들을 신고 터덜터덜 걷는 모습이, 오히려 치카코가 유괴된 소녀처럼 보일 거라고 생각했다.

여름 햇살로 투명해진 갈색 속눈썹이 어딘가 그리움을 부른다. 어릴 때 종종 창가에서 친하게 지내던 여자아이와 서로 그림을 그려주곤 했는데, 속눈썹을 내리깔고 진지한 표정을 하고 있던 그 아이를 물끄러미 보고 있던 생각이 떠올랐다.

'그때 그 교실에서 나는 분명히 '여자'였지' 멍하니 생각에 잠겨 있는데 치카코가 어깨를 툭 쳤다.

"다 왔어. 내려."

치카코의 손에 이끌려 향하는 전철 문으로 새하얀 빛이 스며드는 바람에 리호는 실눈을 떴다. 치카코의 손은 뜨거웠다. 체온이 오른 그 손을 잡고 리호는 걷기 시작했다.

치카코를 따라 관람차를 타고, 꽃이 만개한 공원을 걷고, 매점에서 소프트 아이스크림을 먹었다.

데이트 코스로 유명할 것 같은 장소에 치카코와 있으니, 초등학교 시절 방과 후 5시를 알리는 종이 울릴 때까지 계속 놀았던 때로 돌아가고 싶어졌다.

치카코를 따라다니느라 피곤에 절은 발을 끌고 공원 제일 안쪽 길로 나오자 넝쿨 우거진 건너편으로 바다가 보였다.

"치카코 씨, 여기 굉장해요. 수평선이 보이네요."

누구보다 신이 날 것 같은 치카코가 공원 건너편에 있는 회색 빌딩 거리를 보며 중얼거렸다.

"잿빛 별이네."

그 말에 문득 하늘을 올려다보았지만 구름만 잔뜩 덮여 있을 뿐 어디에도 별은 보이지 않았다.

"좀 놀다 갈까?"

이쪽을 바라보는 치카코는 원래 상태로 돌아와 있었다. 치카코가 가리킨 곳은 자그마한 모래사장으로 이어지는 길이었다. 공원 안이라서 수영을 할 수는 없지만 가볍게 발을 담글 수 있는 바다가 있었다. 젊은이들 몇 명이 흥에 겨워서 바다에 발을 담그고 놀고 있었다.

"잠깐 들어가볼까."

치카코는 말을 마치기도 전에 샌들을 벗어 던지고 바다로 뛰어가 발을 담갔다.

"잠깐만요, 치카코 씨."

허둥지둥 리호도 현관에서 대충 신고 나온 비치 샌들을 벗어 던졌다. 치카코는 벌써 종아리까지 물결이 치는 곳으로 들어가고 있었다.

“잠깐 기다려요.”

리호는 미끄덩거리는 감촉에 당황하면서 치카코의 뒤를 쫓아갔다. 자세히 보니 모래사장에 해파리 몇 마리가 바싹 말라 있고, 바닷속에도 해파리의 모습이 보였다. 리호 손바닥만 한 크기의 물고기 사체들이 둥둥 떠 있었다.

“치카코 씨.”

탁한 물을 보니 바다라기보다 시궁창에 가깝다는 생각이 들어서 짜증 섞인 목소리로 불렀다. 치카코는 물끄러미 수평선을 바라보고 있었다.

“아, 물이다.”

중얼거리며 하늘을 올려다보았다.

비가 내리고 있었다.

“정말 온통 물에 휩싸인 별이네.”

“네?”

“리호 씨, 이제 그만 갈까? 감기 걸리겠다.”

“아, 네.”

치카코와 함께 서둘러 바다에서 나와 수돗가에서 모래를 씻었다.

"놀이는 언제쯤 끝날까."

치카코가 중얼거렸다.

"모두들 빨리 끝내면 좋을 텐데."

"벌써 돌아가고 싶어요?"

"이제 슬슬 해방되는 건가. 집에 돌아갈 때까지는 유괴된 건데. 데려다줄게."

여전히 태평스러운 말투로 이상한 말을 계속 하는 치카코가 리호의 머리를 쓰다듬었다.

돌아오는 전철 안에서 치카코가 말했다.

"조금 즐겁긴 했지?"

"전혀요. 치카코 씨, 우리 처음 만났을 때 밤에 떠나는 소풍 좋아한다고 했죠? 지금부터 밤 소풍 가지 않을래요?"

"그거야 책 이야기지. 리호 씨, 이번에는 자기가 돌아가고 싶지 않은 거야?"

치카코의 말에, 침대 밑에 나뒹굴던 흰 종이와 옷장 속 깊숙이 쑤셔 넣은 남장용 검은색 톱이 머리에 떠올라 반사적으로 고개를 끄덕였다.

"정말 어린아이 같네. 어디에도 가고 싶지 않고, 돌아가고 싶지 않단 말이지? 그래? 그렇구나."

어느새 지하철은 리호 집 가장 가까운 역에 도착했다. 밖으로 나오자 비가 본격적으로 내리기 시작했다. 치카코가 편의점에서 우산을 샀다.

시계를 보니 밤 10시가 넘었다.

치카코는 인상을 잔뜩 찌푸리고 있는 리호의 얼굴에 손을 뻗어서 미간을 펴주었다.

"얼굴을 항상 이렇게 찡그리고 있으니 표정이 그대로 굳어버리지, 리호 씨. 자, 어떻게 할까, 산책을 좀 더 할까. 휴대전화 빌려줄 테니 집에 전화드려. 걱정하시겠다. 정말 유괴됐나 하고."

치카코는 리호에게 손을 내밀었다. 빗속에서 허우적거리고 있는 것 같은 느낌에 리호는 치카코의 손을 꽉 잡았다.

우산 끝에서 떨어진 굵은 빗방울이 치카코의 손목을 타고 흘러 떨어졌다.

치카코와 리호는 아무도 사용하지 않는 독서실 1인실 안으로 각각 숨어들었다. 1인실은 가격이 비싼 것에 비해 뒤쪽에 블라인드만 설치한 간단한 구조로 되어 있기 때문에 사용하는 사람이 거의 없어서 늘 비어 있다.

책상 밑으로 기어들어 가서 발 아래에 어수선하게 놓여 있는 무릎 덮개와 컴퓨터 케이스를 치우고 숨었다.

치카코 말에 따르면 이 독서실은 밤 11시에 이용 시간이 지나고 나서 마지막 사람이 전기를 끄고 가도록 되어 있다. 하지만 끈질기게 남아서 조금 더 공부를 하고 있다 보면 40분쯤 경비원 아저씨가 와서 최종 점검과 문단속을 한 다음 돌아간다는 것이다. 그러니까 그 경비원 아저씨한테만 들키지 않으면 아침까지 있을 수 있다는 이야기가 된다.

전기가 꺼지고 조금 있으니 발소리가 들려왔다. 블라인드를 올리는 소리에 숨이 멎는 듯 떨렸지만, 설마 책상 밑에 사람이 숨어 있으리라고는 생각하지 못했는지 금방 블라인드를 내렸다.

발소리가 이번에는 치카코가 숨어 있는 책상 근처로 다가갔다. 자기 쪽으로 올 때보다 더 긴장해서 숨도 쉬어지지 않았지만, 별다른 이상이 없다고 판단한 듯 발소리는 점점 멀어져 갔다.

멀리서 문 닫는 소리가 들리고, 그래도 혹시나 싶어서 숨을 죽이고 있는데, 치카코가 소곤소곤 말을 걸었다.

"이제 됐지?"

"간 것 같아요."

"의외로 쉽네. 이 정도면 안 들키고 아주 간단하게 잠을 잘 수 있겠어."

"이런 곳에서 잠을 자려는 사람이 없는 것뿐이에요."

일단 조심하는 차원에서 불을 켜지 않은 채, 치카코와 리호는 1인실에서 기어 나왔다.

"정말 성공할 줄 몰랐어. 이런 곳에 숨어 있으니까 심장이 두근두근하네."

"그건 그런데, 배가 고파요."

편의점에 들러서 먹을 것을 좀 사올걸, 후회하면서 리호가 배를 문질렀다. 시간이 지났기 때문에 밖에 있는 지문인식기는 작동하지 않는다. 그러니 한번 나가면 들어올 수가 없다.

"라면은 있는데."

치카코는 자기 자리로 가서 선반에 있던 컵라면을 꺼내왔다.

"어떻게 이런 걸 챙겨놓았어요."

"이런 사람 많아. 그런데 뜨거운 물은 탕비실로 나가야 하니까 그냥 부셔서 먹어야겠다."

어두운 방에서 둘이 마주앉아 컵라면을 부숴 먹었다. 과자처럼 말라비틀어진 차슈 면이 의외로 맛이 있어서 게 눈 감추듯 먹어버렸다.

졸음이 몰려오자 휴게실에 있던 경제신문을 한 부 가지고 와서 책상 사이 통로에 몇 장 깔고 둘이서 길게 누웠다. 머리를 맞대고 누운 탓에 가끔 리호의 정수리를 치카코의 폭신한 모발이 간지럽혔다.

독서실에 두고 다녔던 쿠션을 베개 삼고, 입고 있던 파카를 어깨에 둘렀다. 어릴 때, 여름철에 사촌들과 이렇게 다다미 위에서 새우잠을 잤던 추억을 멍하니 떠올렸다.

"리호 씨, 아직 안 자?"

치카코가 말을 걸었다.

"안 자요."

"리호가 하고 싶은 섹스 말이야, 어떤 느낌일까?"

갑작스러운 질문에 당황하고 있는데, 치카코가 말을 이었다.

"성별 없는 섹스라고 했잖아. 그게 정말 그렇게 깜짝 놀랄 일인가."

"네?"

"성별을 벗고 섹스를 하는 사람들이 리호가 생각한 것보다 훨씬 많을지도 모르지 않아?"

"설마요."

"말은 하지 않지만, 정말 그런 사람들이 많을 수도 있어."

치카코의 익숙한 웃음소리가 들렸다.

"너무 생각을 많이 하지 마. 자기 몸에 확신이 생기면 그것이 바로 리호의 섹스인 거야, 분명히."

"그러고는 싶지만. 침대에 들어가면 내 몸이 무슨 말을 하고 싶어하는지 알 수가 없어요."

"자기가 어떤 식으로 섹스를 하고 싶은지 모르겠다는 거지? 상대가 있으면 상대한테 맡기면 되잖아. 하지만 리호는 좀 더 자유롭게 자신에게 솔직한 자기만의 섹스란 어떤 것인지 알고 싶은 거니까, 그럼 사람이 아닌 다른 것과 한번 해 보면 어때? 자, 이 베개랑 한다든가."

치카코의 말에 갑자기 웃음이 터졌다.

"쿠션이랑 섹스를 하라고요?"

"아니, 꼭 사람하고 섹스를 하란 법은 없잖아. 쿠션도 분명히 섹스를 할 수 있을 거야."

"어떻게 그럴 수가 있어요. 치카코 씨, 농담이 너무 심하네요."

리호는 소리 내어 웃으며 쿠션에 얼굴을 파묻었다.

빗줄기가 점점 거세지는 소리가 들리자 리호가 작은 목소리로 말했다.

"어떡해, 비가 점점 많이 내리나 봐요."

"그러네. 물이 아주 맹렬한 기세로 하늘에서 지면으로 스며들고 있어."

"저는 처음에 여기 왔을 때, 왠지 독서실이 히카와마루를 닮은 것 같았어요. 이렇게 누워서 물소리를 듣고 있으니까 정말 배 안에 있는 것 같아요."

이렇게 있다가 멀리 항해를 떠날 수 있으면 얼마나 좋을까 생각하면서 리호가 중얼거렸다.

"치카코 씨는 멀리 떠나고 싶다고 생각한 적 있어요?"

"……."

"치카코 씨?"

대답이 없다. 치카코는 잠이 든 것 같았다. 그 숨소리를 들으면서 눈을 감았지만 오히려 머릿속이 맑아지면서 잠이 오질 않았다.

리호는 치카코가 깨지 않도록 살며시 일어나서 휴게실이 있는 통로로 나왔다. 아직 배가 고파서 남은 과자라도 찾아볼 요량이었다.

접시를 들여다보니 쿠키나 도넛 같은 것은 없는데 사탕은 아직 많이 남아 있었다.

레몬 사탕을 한 알 집어서 입에 넣고 옅은 어둠이 깔린 휴게실 의자에 앉으려고 하는 순간, 쿠션을 안고 왔다는 것을 알았다.

무의식 중에 사람이 그리웠는지도 모른다. 자신의 체온이 스며든 쿠션을 어루만지면서 문득 무언가 생각이 난 것처럼 일어섰다.

새콤한 레몬 사탕을 어금니로 깨물면서 컴퓨터 사용이 가능한 다른 방의 문을 열었다. 중앙에 쿠션을 내려놓고 리호는 그것과 마주 앉았다.

'나는 어떤 섹스를 하고 싶은 걸까.'

치카코의 농담을 진심으로 받아들여서가 아니라, 그냥 쿠션을 슬쩍 만져보았다. 지퍼를 내리고 커버를 벗겼다. 그 안에 새하얀 나일론 쿠션이 들어 있었다.

츠바키의 피부가 떠올랐다. 자신은 정말 츠바키에게, 성별을 초월한 진짜 츠바키에게 몸을 맡겼던 것일까. 조용히 나일론 쿠션 위에 손을 얹었다.

나일론 피부를 천천히 손바닥으로 쓰다듬었다. 거기에는 가슴도, 페니스도 없다. 왜 인간은 이렇게 그냥 육체가 될 수 없는 것일까 생각하면서 조금 더 힘을 주어 쿠션을 쥐었다.

나일론의 감촉 저편으로 츠바키를 떠올렸다. 그러자 하반신에 갑자기 열이 올랐다.

자신과 마찬가지로 성별 때문에 힘들어하는 사람을 계속 찾고 있었다. 자신과 함께 침대 안에서 성별을 벗어던져 줄 사람을 줄곧 찾고 있었다. 하지만 자궁은 연신 열을 올렸다. 리호는 고개를 숙인 채 자포자기가 되어 나일론 피부를 애무했다.

눈을 감자 그것은 정말로 츠바키의 하얀 피부 같았다. 가슴과 페니스 이전에 사랑스럽고 애잔한 육체일 뿐이라고 상상하면서 천천히 나일론 쿠션을 계속 어루만졌다. 상대의 성욕을 이끌어내려는 애무가 아니라 위로하고 치유하는 손길이 되어 리호의 체온이 쿠션 속으로 스며들어간다. 거기에 호응이라도 하듯 쿠션이 조금씩 체온을 띠기 시작하는 것 같았다.

리호는 어느 틈엔가 앞으로 고꾸라질 듯 열중하면서 쿠션을 연신 쓰다듬었다. 처음 사귀었던 선배와 손을 잡았을 때,

어디에도 공포는 없었다. 오로지 상대의 체온을 조금이라도 느끼고 싶다, 서로 위로해주고 싶다는 단순한 욕망만이 있었다. 그때 리호는 마주 잡은 손가락을 움직여서 조금이라도 더 상대의 감촉과 체온을 음미하려고 했다. 그 손가락의 움직임을 떠올리면서 리호는 쿠션을 계속 애무하고 있었다. 그때 손바닥으로 했던 것을 온몸으로 할 수 있다면. 쿠션을 안고 일어나서 팔에 품었다. 리호의 체온이 전달되어 따뜻해진 벌거벗은 쿠션이 리호를 위로하듯 팔 안에서 흔들리고 있었다.

쿠션에 주름이 생겼다. 츠바키의 목에 새겨졌던 얕은 도랑 같은 주름을 떠올리면서 필사적으로 그곳을 문질렀다. 그곳은 여자도 남자도 아닌 츠바키가 지금까지 살아온 증표가 스며들어 있는, 인간의 살갗이었다.

리호가 원했던 것은 이런 성행위였는지도 모른다. 그렇다면 그것은 기가 막힐 정도로 건전하고 정상적인 행위에 지나지 않았다. 시야가 서서히 뿌옇게 변하는가 싶더니 쿠션에 물방울이 떨어졌다.

기호로서의 남자 혹은 여자의 신체가 아니라 그저 육체 그 자체로서 서로 사랑하는, 그런 단순한 행위를 할 수 없었던 것은 자신이 기호 속에 갇혀 있었기 때문인지도 모른다. 물방울은 멈출 기미도 없이 리호의 팔과 쿠션으로 계속 떨어졌다.

물방울을 막으려는 것처럼 눈을 꼭 감고, 리호는 나일론 피부에 조용히 말을 걸었다.

밖에는 파도치는 것 같은 빗줄기 소리가 이어졌다.

울다 지친 것일까. 자기도 모르게 쿠션을 안고 잠이 든 모양이었다. 뺨에 나일론 피부의 감촉을 느끼며 살짝 눈을 뜨니 어둠은 더욱 진해져 있고, 지금이 몇 시인지조차 알 수가 없었다.

일어나서 치카코가 있는 방문을 열고 안으로 들어가니 치카코는 아직 곤히 잠들어 있다. 그 고요함이 약간 두려워서 느닷없이 작은 소리로 '치카코 씨' 하고 불렀지만 대답은 없다.

주위를 둘러보니 책상이 나란히 늘어서 있는 방 전체 모습이, 마치 시간이 멈춘 것처럼 느껴졌다.

빗소리가 멈춘 것을 알았다.

창문 블라인드 틈으로 밖을 내다보니 빌딩도 사람도 사라지고, 그곳에 펼쳐져 있는 거라고는 아득히 멀리 이어져 있는 잿빛의 요철이었다.

석순이 불쑥 자라난 것 같은 광경에 휩싸이면서 몸이 굳어버렸다. 단단한 바위의 융기는 시간이 멈춘 회색 물결이 되어 이쪽을 물끄러미 올려다보고 있었다.

너무 놀라서 뛰어 돌아와 치카코를 흔들어 깨웠다.

"치카코 씨, 치카코 씨."

"응, 왜 그래?"

말을 하고 싶은데 목이 막혀서 나오질 않았다.

치카코는 누운 채 눈을 떠서 멍하니 열은 어둠을 바라보았다. 잠에 취해 있는 것 같기도 한데, 너무 두려운 마음에 필사적으로 몇 번이고 침을 삼키며 말을 꺼냈다.

"바, 밖……이."

"밖? 아, 물 내리는 소리 이제 안 나네."

비가 아니라 물이라는 표현이 왠지 친숙한 비와 너무 동떨어지게 느껴져서 리호는 벗어두었던 파카를 움켜쥐었다.

"이제 전부 별 속으로 돌아갔나 보네. 하늘의 물."

치카코는 혼잣말처럼 중얼거리며 일어나서 블라인드로 다가가 손가락으로 살짝 틈을 열고 내다보았다.

"와, 대단해. 이젠 하나도 안 내리네. 그치, 리호."

블라인드의 좁은 틈으로 아주 작은 빛이 스며들자 리호는 벌떡 일어섰다.

치카코의 손가락 틈새에서 빛이 쏟아져 들어오는 것 같았다. 다가가서 밖을 보니 하늘은 아까보다 훨씬 개어 있었다.

광경은 원래대로 돌아와 있었다. 빌딩 사이를 택시가 달리고, 보도 위에 사람들이 걸어 다니기 시작했다.

'아까 본 것은 꿈이었나.'

'좋은 아침입니다……' 아침 해를 보면서 중얼거렸다. 머리카락이 수세미처럼 엉켜 있었다.

"좋은 아침이라고 자연에게 말할 수 있는 사람한테는 아침이 저절로 생기나 봐."

치카코는 나지막하게 중얼거리고 나서 되물으려는 리호의 등을 떠밀었다.

"자, 이제 사람들이 들어올 거야. 얼른 가자, 가. 상처 치유 소풍은 충분히 성공적이었어."

치카코는 책상으로 돌아와서 신문지를 정리하기 시작했다.

"이봐, 리호 씨, 잠 좀 깨, 어서어서."

"아, 네."

손짓하는 치카코를 따라 나오면서 문득 뒤를 돌아보았다. 블라인드 틈으로 아까보다 더 강한 새하얀 빛 한 줄기가 스며들고 있었다.

치카코. 3

치카코는 눈을 뜨고 머리맡의 시계를 보았다. 자기도 모르게 선잠을 잔 모양이었다. 휴대전화 일정에 설정해 놓은 월요일 알람이 울리기까지, 금요일 밤부터 이어지는 우주의 시간은 끝이 없었다. 하지만 이번 주는 츠바키의 집에서 함께 저녁을 먹기로 약속했다.

시간을 확인하고 허둥지둥 일어나 준비를 시작했다.

'주말은 역시 힘들어.'

잠옷 대신 입은 낡은 셔츠를 벗으면서 생각했다. 여전히 금요일 밤부터 월요일 아침 알람이 울릴 때까지, 일정한 별 속의 시간이 흐른다.

독서실에 가지 않고부터는 특히 그런 경향이 심해졌다.

티셔츠 위에 청재킷을 걸치고 서둘러 나왔다.

부지런히 달려서 역 안으로 들어가니 배낭을 멘 한가로운 모습의 사람들이 몇 그룹 모여 있었다. 전광판을 보고 나서야 지금이 저녁이 아니라 아침 6시라는 것을 알았다. 언제 잠들고 언제 일어나는지 분간을 할 수 없는 주말, 아침노을과 저녁노을이 헷갈리는 일은, 치카코에게 자주 있는 일이었다.

불현듯 하늘을 보니 아까보다 태양빛은 더 강해져 있었다.

'또 이런 착각을 했네.'

쓴웃음을 지었지만, 어찌 되돌릴 겨를도 없이 플랫폼으로 미끄러져 들어온 전철에 올라탔다.

좌석에 앉아서 밖을 내다봤다. 확실히 빛의 각도가 저녁노을과 다르다. '빛의 강도조차 느낄 수 있으면서 왜 이런 착각을 하는 거지' 주머니를 뒤적여 굴러다니던 캐러멜을 입에 넣었다.

'자, 이제 어떡하지' 치카코는 생각했다. 환승역까지는 30분 정도. 거기에서 지하철을 타고 츠바키 집까지 간다고 해도 아직 자고 있을 시간인데. 하는 수 없다. 환승역에서 내려 이럭저럭 약속 시간까지 버텨보기로 하고 눈을 감았다. 뺨에 태양의 열기가 느껴졌다.

잠시 우왕좌왕하는 사이 환승역에 도착했다. 치카코는 일단 산책을 시작했다. 독서실에 다닐 때 종종 들렀던 곳인데 최근에는 전혀 들른 적이 없었다.

상처 치유 소풍 이후, 리호는 독서실을 그만두었다. 잠시 고민을 하다가 치카코도 퇴소 신청서를 냈다. '치카코까지 그만둘 줄은 몰랐네. 뭐, 아무래도 상관없지만'이라고 말하며 깊은 속까지 파헤치지 않은 츠바키만이 아직 독서실을 다니고 있다.

바로 얼마 전까지 제2의 집과도 같았던 곳을 들어갈 수 없다는 사실에 약간 기분이 이상하긴 했다.

그날 치카코는 소꿉놀이 밖으로 리호를 데리고 나올 작정이었다. 치카코가 사는 세계로까지 리호를 이끌고 오려고 생각했다.

리호는 분명히 진심으로 '끝났다'라고 말하고 싶었을 거라고, 그런데도 소꿉놀이 안에 갇혀버린 것뿐일 거라고 생각했다. 치카코가 사는 세계는 리호에게 이상향일 것 같았다.

리호와 함께 관람차에서 바라본 풍경은 그야말로 별의 표면이었다. 멀리 회색 요철들이 솟아나 있고, 녹색의 나무들이 서 있으며, 바다도 녹음도 회색 돌기들도 모두 함께 물결치고 있었다.

그 후, 미끈거리는 바다에 발을 담근 치카코는 잠시 후 위에서 내려온 미지근한 물이 이 별을(치카코를) 휘휘 돌아 빠져나가고 있다는 것을 느꼈다. 별은 점점 물로 가득해졌다. 치카코도 별이 되어 그 안을 물이 통과했다.

누군가와 함께 있을 때 이렇게까지 인간이 아닌 별의 한 조각으로 있어본 것은 아주 드문 일이었다. 그것은 같이 있는 리호가 환상 세계의 스위치를 끄고 싶어하는 사람이기 때문일 거라고 그때는 그렇게 생각했다.

하지만 이내 틀렸다는 것을 알았다. 문을 열고 그녀를 부르려는 순간, 방 가운데서 리호가 너무도 진지한 표정으로 쿠션을 애무하고 있는 모습을 발견했다.

치카코는 묵묵히 어둠 속의 리호를 바라볼 뿐이었다. 리호가 쿠션에게 말을 걸었을 때, 그녀는 분명히 평생 동안 성별을 멈출 수 없을 거라는 걸 깨달았다. 무성이라는 성별, 그것은 치카코의 '무'와는 완전히 다른 것이리라.

'역시 리호는 저 세계와 연결되어 있고, 그것을 바라고 있는 거야. 소꿉놀이에서 깨어나는 것은 나 하나로 충분해' 치카코는 그날 밤 이해했다.

치카코는 옆에 있는 유료 공원으로 들어가서 시간을 때우기로 했다.

이른 시간인데도 생각보다 사람들이 많았다.

잔디에 누워서 태양 광선을 온몸으로 맞았다. '나는 지금 태양과 마주하고 있는 거야' 생각하고 있는데 갑자기 누워 있다는 감각이 사라지면서 별에 딱 달라붙은 채 우주에 떠 있는 것 같다는 생각이 들었다.

깜빡깜빡 졸 듯 멍하니 그 감각을 만끽하고 있자니 태양의 열기가 문득 약해지는 느낌이 들었다. 눈이 부셔서 감고 있었던 눈을 살짝 떠보았다.

"죄송합니다. 낮잠을 방해했네요."

치카코를 내려다보고 있는 것은 이세자키였다.

"으악, 깜짝 놀랐잖아요."

소리를 지르며 몸을 일으키자 이세자키가 가볍게 고개를 숙인다.

"옥상에서 이곳으로 들어가는 것을 보았어요. 그래서 그만…… 죄송합니다."

"아니에요. 조금 놀란 것뿐인데요, 뭐……. 저야말로 죄송해요."

그날 이후 여러 번 휴대전화에 부재중 전화가 찍혔지만 무슨 말을 해야 할지 몰라서 그대로 방치하고 있었다.

"옥상이라면 독서실 말이죠. 그곳은 우리밖에 모른다고 생각했는데."

머리에 달라붙은 낙엽을 떼어내며 말하자, 이세자키가 호탕하게 웃었다.

"저는 알고 있었어요. 하지만 항상 한발 늦어서."

"……죄송해요."

겸연쩍어하는 모습에 이세자키가 난처한 표정을 지었다.

"아니요. 그런 뜻이 아니에요. 잠시 앉아도 될까요?"

"네. 물론이죠."

이세자키가 옆에 앉았다. 치카코는 옆에 있던 가방에서 캔 주스를 꺼내 내밀었다.

"이거 마실래요?"

"그래도 될까요?"

"그럼요. 시원하진 않지만."

치카코는 마시던 페트병 물을 꺼내서 입으로 가져갔다.

"없는 게 없네요, 치카코 씨 가방에는."

감탄하는 표정으로 주스를 한 모금 마시고 잠시 사이를 두더니 이세자키가 입을 열었다.

"독서실은 그만두셨나요?"

"네."

"저 때문인가요? 불편하게 했다면 정말 죄송합니다."

"절대로 그런 건 아니에요."

치카코의 말에 안도하는 표정이 되는가 싶더니 고개를 갸웃거리며 그녀를 쳐다보았다.

"갑자기 연락이 안 돼서 분명히 불쾌하셨나보다 생각했어요."

"아니, 정말 그 점은 사과드려요. 뭐라고 설명을 해야 좋을지 몰라서."

"……그날."

잠시 뜸을 들이며 난처해하던 이세자키가 입을 열었다.

"치카코 씨는 본인의 행위가 조금 이상할지 모른다고 말씀하셨지만 저는 어떤 점이 그렇다는 것인지 잘 모르겠습니다. 하지만 치카코 씨가 어디 먼 곳으로 가버린 것 같은 느낌은 있었어요. 물론 그것은 그리 중요하지 않다고 생각합니다. 사람들은 누구나 자기만의 세계를 살아가고, 성행위라고 해서 꼭 그것을 융합해야 한다는 법은 없으니까요. 그거면 된 것 아닐까요?"

"네."

"두 개의 서로 다른 세계를 살아가는 것도 괜찮지 않나요? 만약 치카코 씨가 자신의 세계를 지키기 위해 저와 헤어지려고 하는 거라면 이것만큼은 분명히 말씀드리고 싶습니다. 저는 그곳과 억지로 융합하려고 하지는 않을 거라는 것을요. 제가 살고 있는 세계도 조금은 특별할지 모르니까요. 그렇기 때문에 무리하지 말고 각자의 호흡을 유지하면서 함께 있을 수 있다면 그것으로 된 거죠. 그러는 편이 좋을 겁니다. 그런 느낌으로도 저와는 안 될 것 같다고 생각하시나요?"

이세자키의 말이 딱 맞아떨어지는 느낌도 들고, 말도 안 되게 초점을 빗겨났다는 느낌도 들었다. 인간으로서 섹스를 계속해야 하는 이세자키와 별의 한 조각으로서 녹아들어 가는 치카코가 함께 있는 모습을 상상해보았다.

그것도 나쁘지 않을지 모른다. 침대 안에서 완전히 똑같은 시간을 공유할 필요는 없다는 이세자키의 말은 전적으로 공감한다.

잠시 생각에 잠기던 치카코는 다리 옆의 잔디를 바라보면서 천천히 움켜쥐며 말했다.

"저는 어릴 때부터 섹스를 하는 상대가 있어요."

이세자키는 적잖이 놀란 것 같았지만, 이내 '네' 하고 고개를 끄덕였다.

"하지만 연애와는 조금 달라요. 사귀거나 하는 건 아니고, 그냥 늘 함께 있는 것뿐이죠. 이세자키 씨를 제가 많이 좋아했어요. 하지만 성행위를 해보고, 나는 역시 그 상대하고밖에 섹스를 할 수 없고 그걸 너무 좋아한다는 걸 깨달았어요. 연애 감정과는 전혀 다르지만 너무도 편안하고 안심할 수 있는 일체감 같은 게 있거든요. 그리고 정말 따스한 쾌감도 공유할 수 있죠. 어릴 때부터 항상 연애가 하고 싶었어요. 하지만 저는 역시 그 상대하고만 성행위를 하면서 살아가야 할 것 같아요."

이세자키는 놀란 표정으로 잠시 치카코를 바라보더니 당황한 듯 웃었다.

"어쩐지, 보통 사람들의 실연과는 다를 거라고 생각했어요. 역시 그랬군요."

"굳이 말하고 싶지 않아서. 죄송해요."

"아닙니다. 그런데 치카코 씨에게도 가족처럼 정말 소중한 사람들이 있겠죠."

"가족?"

"연애와는 다를지 모르지만 그런 식으로 특별히 마음을 편안하게 해주는. 아주 멋진 연애 형태 중 하나라고 저는 생각합니다."

완전히 따로 사랑하는 사람이 있는 것처럼 되어버린 치카코는 연신 고개를 숙였다.

"정말 죄송해요."

"아니요. 사과하지 마세요. 그분, 분명히 멋진 분일 것 같아요. 어떤 사람인지 물어봐도 될까요?"

"뭐랄까…… 큰 사람이에요."

"마음이 넓다는 뜻인가요?"

"음, 면적이라고 해야 하나……."

치카코의 말에 웃음을 터뜨리는 이세자키를 보니 분명히 스모 선수 같은 사람을 상상하고 있는 것 같아 치카코도 약간 우스워졌다.

"물어보길 잘했네요."

"아니에요. 저, 정말 미안해요."

"사과하지 않으셔도 된다니까요. 연애하고 싶은 마음이 잠시나마 들었던 상대가 저라서 정말 기뻤습니다."

인간에게는 정말 힘든 이야기일 텐데 이세자키는 눈꼬리에 주름을 세우며 웃고 있을 뿐이었다.

"그럼 잘 마셨습니다."

자리에서 일어난 이세자키가 갑자기 손가락을 치카코의 머리에 가져갔다.

"나뭇잎이 아직 붙어 있었어요."

치카코는 이세자키의 손가락 사이로 내려온 자그마한 녹색 별 조각을 받아들었다.

이세자키는 빙그레 웃으며 머리를 한번 숙여 보이고 천천히 사라졌다. 치카코는 손 안에 있는 눅눅한 잎사귀를 움켜쥐면서 멍하니 그 모습을 바라보고 있었다.

결국 밤까지 시간을 때우지 못하고, 점심 무렵에 츠바키에게 전화를 걸었다. "아침과 밤도 구분 못하다니, 도대체 무슨 생각을 하고 있는 거야. 정신 상태가 해이하군. 점심부터 만나도 괜찮아" 하고 말해주었다.

함께 집으로 가서 카레를 만들고 식탁에 마주 앉아 식사를 하고 있는데, 치카코의 휴대전화가 울렸다.

"문자? 누구한테?"

"리호 씨야."

아무 생각 없이 물었던 츠바키는 기분이 상한 표정으로 "그래" 하고 툭 내뱉었다.

"잘 있대?"

"응. 츠바키, 요즘 패밀리 레스토랑에도 안 가나 보네. 리호가 그러던데."

"아는 사람이 있으면 공부에 집중을 할 수 없어서 그런 것뿐이야. 이제 시험도 끝났으니."

불편한 듯 TV 채널을 바꾸면서 츠바키가 말했다.

"아주 친했잖아. 가끔 식사라도 하지 그래."

"흐음."

"열심인 것 같아."

"뭐를?"

"신체 실험 같은 거라고 해야 하나. 그런 건 반복적으로 실험을 하면서 자기 나름의 성을 찾아가야 하는 거 아니야? 이대로 우왕좌왕하는 것도 나쁘진 않을지 모르지만. 그런 형태의 성별도 있을 수 있으니까."

휴대전화를 가방에 찔러 넣는 치카코를 츠바키가 멍하니 바라보았다.

"왜?"

"아니, 혹시 치카코 너도 그런 거야?"

치카코는 무심히 눈을 깜박이며 츠바키를 쳐다보았다.

"뭐가?"

"아니, 그냥. 독서실에 있는 사람이랑 잠깐 만났다면서. 의외로 비밀주의라서 네 입으로는 말하지 않겠지만."

난처한 듯 웃어 보이자 츠바키가 숟가락을 내려놓았다.

"뭐, 심각하게는 생각하지 않으니까."

"너무 맵다. 차라도 좀 마셔야겠어. 치카코도 마실래?"

"응."

고개를 끄덕이자 츠바키가 일어나서 물을 끓이기 시작했다. 그 뒷모습을 바라보며 치카코가 입을 열었다.

"나는 내내 츠바키처럼 되고 싶었던 것 같아. 지금은 언제 그랬나 싶지만."

"무슨 말이야 그게, 갑자기. 실례야 실례."

"실례 아니야. 부럽다는 이야기를 하고 있는 건데."

"하지만 이제는 딱히 좋아할 만한 게 없잖아."

"모르겠어. 그냥 그런 생각을 했어."

츠바키가 치카코에게 등을 돌린 채 말했다.

"나는 치카코 너처럼 자유로워지고 싶었어."

"자유? 그렇게 보여?"

"잘은 모르지만 항상 그렇게 보였어."

"그랬구나."

더 이상 할 말이 떠오르지 않아서 밖을 바라보았다.

바깥 풍경을 별빛이 비추고 있었다. 그 광경을 누군가와 공유하지는 못해도, 별이 지내고 있는 영원의 시간 속에서 살아가는 것이 그리 나쁘지는 않은 것 같았다.

"다음 주 일요일에 또 와도 돼?"

말을 툭 던진 치카코에게 츠바키가 말했다.

"왜 그래, 갑자기? 안 될 건 없지만."

"이제 점점, 하늘이 높아졌어."

돌아보는 츠바키의 중얼거리는 소리에, 치카코도 하늘을 올려다보았다. 파랗게 물든 태양 광선이 있을 뿐 그 높이를 느낄 수는 없었지만 츠바키와 함께 있으니 치카코도 그 하늘이 보이는 것만 같았다.

츠바키 집에서 나올 즈음, 이미 밖은 꽤 어두워져 있었다.

치카코는 천천히 네모난 돌기가 무수히 솟아 있는 지면 위를 걷고 있었다. 치카코는 분화구 같은 돌기와 돌기 사이의 검은 틈새를 맴돌고 있었다.

정신을 차리자 아침에 이세자키를 만났던 공원 옆에 와 있었다.

정원을 둘러보면서 이세자키의 셔츠 주름을 떠올렸다. 가슴의 압박감은 아직 치카코 안에 남아 있었다. 치카코는 자기가 이세자키에게 말했던 것을 생각했다.

'나는 인간으로서가 아닌 별의 한 조각으로서의 섹스를 선택한 거야' 어딘가에서 언젠가 모두와 똑같이 소꿉놀이 세계 속에서 육체를 얻고, 그곳에서 줄곧 인간으로 살 수 있기를 바라고 있었다. 하지만 이제 그 미련은 이세자키와의 육체 감각과 함께 끊어버리리라 생각했다.

물체로서의 자기 안에 인간으로서의 육체 감각과 별로서의 감촉이 출렁이고 있다. 치카코는 분명히 별을 선택하려고 했다.

유료 정원은 게이트가 내려져 있었다. 치카코는 훌쩍 게이트를 뛰어넘어 안으로 들어갔다.

치카코는 어슴푸레 어둠이 내려앉은 잔디 사이를 걸었다. 최대한 별의 표면에 길이 나있는 곳을 찾아서 안쪽의 작은 운동장 같은 흙이 깔려 있는 장소를 찾았다.

무릎을 꿇고 별의 지면을 만져보았다.

그녀가 흙을 만질 때, 그곳은 항상 지면이 아니었다. 치카코에게 그것은 지구라는 별, 우주에서 유일하게 직접 만질 수 있는 별의 표면에 불과했다.

지구라는 별의 표면을 쓰다듬으며 치카코는 마음속으로 중얼거렸다.

'섹스를 해볼까. 인간으로서 별의 한 조각이 되어버린다면, 좀 더 철저하게, 별과.'

지구와 섹스를 한다. 물체로서 지구라는 강력한 물체 감각으로 이어진다. 몸에 남은, 미세한 인간으로서의 육체 감각마저 소멸시키고 싶었다.

치카코는 눈앞에 있는 별을 향해 손가락을 찔러 넣었다. 흙 내음이 코를 찌릿하게 한다. 그 안의 미지근한 감촉은 태양의 열기가 아직 남아 있기 때문일까, 아니면 이 별 자신의 열일까, 생각에 잠기면서 더 깊이 손가락을 찔렀다.

얼굴을 가까이 가져가자 더 강한 별 냄새가 났다. 치카코는 중력에 끌리듯, 얼굴에 뚫려 있는 보드라운 구멍을 별에 대고 눌렀다. 입 안으로 보드라운 모래가 들어오고, 그것이 치카코에게서 스며 나오는 물로 축축해진다.

한없이 거대한 덩어리와 자신, 크기는 완전히 달라도, 거대한 파편과 자그마한 파편, 별의 파편들끼리 마주하고 있다는 느낌이 들었다. 뒤로 우주가 펼쳐져 있었다.

치카코는 자신의 피부 안에 있는 점토처럼 보드라운 장기들이 점점 뜨거워지고 있음을 느꼈다.

눈앞의 거대한 별 안에도 불타는 점토가 있다고 생각하자 '에너지도 순환하고 있다'는 할아버지의 말이 머릿속에 선명하게 되살아났다.

치카코는 별의 표면에 자기로부터 흘러나오는 투명한 물을 계속 흘려버린다. 치카코의 몸이 육체가 아닌 물체가 되어간다. 물체로서의 치카코에게 엉켜 있던 소꿉놀이가 풀려간다.

치카코는 중력에 몸을 맡기고 고요히 별 속으로 빨려 들어갔다. 눈을 감자, 보드라운 피부에 싸인 점토 같은 장기들이 뜨거워져 있다.

치카코는 자기 가운데 있는 물웅덩이를 별에 가까이 가져갔다. 거기에서도 조용히 물이 흘러나오고 있었다.

자기 몸에 뚫려 있는 물웅덩이를 꽉 누르니 피부 안의 붉은 점토는 열을 낸다. 마치 자기가 불타는 별의 일부임을 주장하고 있는 것처럼.

'나는 불타는 돌이다. 바로 내가 마주하는 별의 아주 깊숙한 그곳이 똑같은 기세로 빨갛게 타오르고 있다' 치카코는 인간을 벗어버리고 별의 한 조각이 되어 있었다.

생물이기 이전에 자신은 물질이라는 당연한 사실을 떠올린다. 보드랍게 불타는 점토는 미지근한 물을 뿜어내면서 중력에 따라 고요히 출렁이고 있었다.

치카코는 자기 안의 점토에 깃들어 있는 열기를 확인하려고 그 물웅덩이를 별에 더 가까이 가져갔다. 별 속에서 타오르는 열과 호응하듯 치카코의 에너지도 높아져간다.

뜨거운 열이 치카코 안의 점토를 격하게 흔들어댄다. 눈앞의 별 안쪽에 있는 뜨거운 점토와 호응하듯 치카코의 보드라운 내부가 한층 더 뜨거워졌다.

몸에서 열과 물이 흘러나오고, 그것은 눈앞의 혹성으로 흘러들어 갔다. 혹성의 써늘한 표면 온도와 습기가 치카코에게 서서히 스며들어왔다. 두 개의 파편은 서로 녹아들었다.

물과 열이 깃든 물체가 된 치카코는 조용히 별을 쓰다듬었다. 갈색 별과 치카코의 열기와 물이 서로 뒤섞였다. 치카코는 보드라운 점토가 되어 천천히 별 속으로 가라앉았다.

경계선은 없어졌다. 얼굴을 들어 옆을 보니 치카코는 별이 되어 어디까지고 이어져 있었다. 멀리 보이는 회색 요철까지 모두가 치카코였다.

치카코는 지구와 한 몸이 되었다. 손가락 끝이 땅을 어루만지다가 눈을 감은 채 꽉 움켜쥐었다. 습한 감촉이 마치 손을 잡고 잠든 연인들 같다고 생각하면서 잠자는 숨소리를 닮은 심호흡을 반복했다. 치카코에게서 밀려 나온 바람이 어둠 속으로 녹아들어 고요히 별 위를 흐르고 있었다.

해설

무라타 사야카의 소설 『편의점 인간』을 읽었을 때, 가장 인상적이었던 장면 중 하나는 여느 아이처럼 죽은 새를 가엾게 여기지 않고, 아빠가 참새구이를 좋아하니까 더 잡아오자고 말하는 주인공의 모습이었다. 싸우는 반 아이들을 말리라는 선생님 외침 한 마디에 난폭하게 날뛰는 아이를 삽으로 내리치는 장면은 어떤가. 말리라고 해서 말렸던 것이고, 아빠가 참새구이를 좋아하니까 죽은 새를 땅에 묻어주는 대신 사체를 가져온 것뿐이었는데 사람들은 그녀를 향해 불안한 시선을 거두지 않는다. '소시오패스'라는 의심 말이다.

우리가 소시오패스에 대해 갖는 최초의 생각은 그것이 범죄로 이어질지 모른다는 불안감이다. 하지만 『편의점 인간』은 반전의 반전을 기하는 소설이다. 소시오패스 하면 떠오르는 악인의 이미지는 휘발되고, 편의점 점장이 여덟 번 바뀌는 18년 동안이나 매뉴얼대로 사는 순응적인 도시인의 모습이 그려진다.

작가가 주제를 정하고 그것에 관해 기술할 때, 자신이 처한 환경은 절대적이다. 『멀리 갈 수 있는 배』는 그런 의미에서 가장 예민한 이슈를 다룬 소설일 것이다. 좁은 의미에서 자신의 성 정체성을 찾아 떠나는 여자의 이야기지만, 넓은 의미에서는 양성평등에 관한 기술이기 때문이다.

주인공 리호는 늘 남자친구와의 성관계가 고통스러웠다. 아르바이트 중인 레스토랑에서 함께 일하는 메이에게 연정을 느끼는 것도 그녀의 성 정체성에 혼란을 불러일으킨다. 그렇게 미성년자인 그녀는 정해진 '성'이 아닌 자신에게 맞는 '성 정체성'을 찾아보기로 한다.

그녀가 고심 끝에 찾은 곳은 성 정체성이 명확해진 사람들이 드나드는 바나 카페가 아니라, 집에서 떨어진 독서실이었다. 리호는 가슴을 압박하는 붕대를 감고, 긴 머리를 숨길 수 있는 가발을 쓴 채 남자로 살아보기로 한다. 하지만 그곳에서 레스토랑 단골손님과 마주친다. 자신보다 열 살 많은 치카코와 그녀의 단짝 친구 츠바키다.

회사원인 치카코는 삶을 '거대한 소꿉놀이'로 규정하고 할아버지가 자신에게 들려주었던 우주와 별 이야기에 심취한 사람으로, 퇴근 후 독서실에 가는 게 일상이다. 그녀의 친구 츠바키는 밤에도 외모 강박 때문에 선크림을 발라야 안심하는 여자다.

각자의 고민을 안은 채 이 세 명의 여자가 독서실 옥상에서 나누는 '밤의 이야기'가 이 소설의 주요 내용이다. 밤에만 보이고 밤에만 들리는 낮고 어두운 이야기. 마치 접혀 있거나 찢긴 페이지처럼 마음 깊이 숨겨져 있던 이야기 말이다.

여자로 살면서 외모나 행동에 대한 제약 때문에 고통받는 사람이 어디 리호뿐일까. 살 집을 구할 때, 옷을 입을 때, 밤길을 걷거나, 사람으로 붐비는 대중교통을 타거나, 화장실에 갈 때도. 성추행과 몰카 등 다양한 범죄의 표적이 될 수 있다는 공포를 가진 사람은 리호만이 아닐 것이다. 이 소설에는 심리적 불안을 넘어 스스로 여성이기를 거부한 사람들의 이야기가 등장한다.

> "여자 중에 X, 즉 남자도 여자도 아닌 성별로 살아가기를 선택한 사람을 그렇게 부른대. 성별 초월자, 트랜스젠더 같은 사람들이지. 리호, 내가 말하고 싶은 건, 그런 2차 성징도 있다는 거야. 성별이라는 것에 대해 좀 더 유연할 필요가 있지 않을까? 리호를 가장 힘들게 하는 건 리호 안에 있는 남자와 여자 둘 중 하나여야 한다는 선입견인 것 같아. (……) 여자로 살기는 힘들고, 여자가 아닌 성별이 되고 싶지만 남자가 되고 싶지는 않은, 그런 사람이 많으니까 이런 용어도 나왔겠지."

치카코의 이야기는 그녀 역시 리호처럼 자신의 성 정체성에 대해 많은 고민이 있었다는 걸 반증한다. 우리 사회에서 여자로 사는 공포에 대한 두려움이 폭발했던 건 강남역 살인사건 이후였을 것이다.

하나의 단어가 규정되기 전, 우리는 그것의 실체에 가닿을 수 없다. 일례로 성 소수자라는 말이 등장하지 않았던 1980년대에, 사회는 그들을 변태라 칭하는 일이 잦았다. 마찬가지로 '미투 운동'이 일어나기 전, 많은 사람은 특별한 자기 인식 없이 여성이나 남성을 성적 대상화해서 부르는 경우가 많았다.

현상을 규정하는 언어는 그래서 중요하다. 하나의 개념어가 등장하면 그것에 대한 찬반 토론이 벌어지고, 토론의 과정 중에 사회적 합의가 생기고, 그렇게 사회가 조금씩 발전해나갈 수 있기 때문이다. 하지만 언어가 없는 상태에서 우리는 우리의 고통을 말로 설명할 방법이 없다. 그래서 우리에겐 언어가 필요한 것이다.

리호의 문제 역시 모호함에 있다. 남자로 행동할 때 자신감이 느껴졌지만, 그렇다고 여성과의 동침에 성공한 것은 아니었다. 여자로 사는 데 불편함을 느끼지만, 그렇다고 남자로 사는 자신의 모습이 딱히 그려지지도 않는다.

지금과 같은 과도기를 일찍이 본 적이 없다. 우리 사회의 많은 심리적 문제가 바로 이런 상황에 놓여 있다. 혼자 있고 싶지만 혼자 있기 싫고, 우울해서 죽고 싶지만 떡볶이는 먹고 싶고, 연애는 하기 싫지만 외롭긴 싫은 마음이 도시와 거리에 넘쳐난다.

어느 날, 한 식당에서 나는 이런 모호한 마음을 포착할 수 있는 결정적 장면 하나를 발견했다. 관계에 지쳐 혼자 밥을 먹고 싶지만, '혼밥'을 먹으면서도 그 장면을 셀카로 찍어 SNS에 올리는 사람들 말이다. 그들은 밥을 먹는 내내 게시물의 '좋아요' 숫자를 헤아리고 있었다.

소설 속 세 명의 주인공 역시 같은 마음이 아닐까. 남자도 여자도 아닌 그저 '내'가 되고 싶은 마음속에는 너무 뜨겁거나 너무 차갑지 않은 상태의 영역이 존재할 것이다. 마치 고슴도치의 딜레마처럼 가까이하면 가시에 찔려 아프고, 멀리하면 외로워 추워지는 그런 상황 말이다.

문학은 하나의 답을 보여주는 게 아닌, 의미심장한 질문을 던지는 것으로 자신의 의무를 마친다. 『편의점 인간』에 이어 중요한 문제에 대한 작가의 날카로운 질문 하나를 더 만난 것 같아 반갑다. 그런 의미에서 이 소설 역시 문제작이다.

백영옥

멀리 갈 수 있는 배

펴낸날 초판 1쇄 2018년 10월 30일

지은이 무라타 사야카
옮긴이 김윤희
펴낸이 심만수
펴낸곳 (주)살림출판사
출판등록 1989년 11월 1일 제9-210호

주소 경기도 파주시 광인사길 30
전화 031-955-1350 팩스 031-624-1356
홈페이지 http://www.sallimbooks.com
이메일 book@sallimbooks.com

ISBN 978-89-522-3991-4 03830

이 도서의 국립중앙도서관 출판예정도서목록(CIP)은 서지정보유통지원시스템 홈페이지(http://seoji.nl.go.kr)와 국가자료종합목록시스템(http://www.nl.go.kr/kolisnet)에서 이용하실 수 있습니다.(CIP제어번호: CIP2018033336)

책임편집 박하빈